一个人的江湖

玫红 著

北京燕山出版社

图书在版编目（CIP）数据

一个人的江湖 / 玫红著 . — 北京 : 北京燕山出版
社，2022.4
ISBN 978-7-5402-6379-9

Ⅰ.①一⋯ Ⅱ.①玫⋯ Ⅲ.①诗集－中国－当代
Ⅳ.① I227

中国版本图书馆 CIP 数据核字（2022）第 004615 号

一个人的江湖

著　　者：玫　红
责任编辑：杨春光
装帧设计：陈　姝
出版发行：北京燕山出版社有限公司
社　　址：北京市丰台区东铁匠营苇子坑 138 号嘉城商务中心 C 座
邮　　编：100079
电话传真：86-10-65240430（总编室）
印　　刷：北京军迪印刷有限责任公司
开　　本：710 × 1000　　1/16
字　　数：180 千字
印　　张：13
版　　次：2022 年 4 月第 1 版
印　　次：2022 年 4 月第 1 次印刷
ISBN 978-7-5402-6379-9
定　　价：55.00 元

云的那边是天

赵武明

岁月有声，心暖花开。在阳光强烈、水波温柔的日子里，诗意氤氲，文字温馨。痛，是月光漂白的清辉。诗，因痛或爱更加丰盈。

冬日，梅愈艳，雪花飞舞，缀满红格如血的稿笺，流铺成一首诗，甘洌、多韵、秀丽。仲夏，荷摇曳多姿；初春，萌芽向上；秋暮，金叶婆娑。跳跃的不仅仅是心脏，还有心坎里的文字。

平日里，我是不太喜欢读诗甚或不喜写诗评的。因为我知道那些都是有灵性的字所酿出的最好的"女儿红"。我的身边却不乏饮誉国内外的大诗人、女诗人。在诗人面前，我很乖巧，不懂更不能装懂，听他们吟诵，看他们写的诗集，一行又一行，丝绸上映出的画，大山中奔涌的泉，心灵就这样被吞噬。文字是如此有力量。

在雨雪飘飞或者心情郁闷的日子，我无心出门，也无心习字，怕淋透心事。煮茶品茗，一任光阴缓缓流淌。阅读的时刻，蓦然，目之所及玫红的一沓文稿，打开，眼前的白纸上跳跃着作者心血谱成的诗行，让我为她的诗集《一个人的江湖》作序，真有点儿勉为其难。这些年，在忐忑中，为大江南北的作者写过不少序言，但总觉得笔底乏力。尤其是诗歌，顿感无从下手。在这个甚嚣尘上的年代，文字成了人们仅存的记忆，流水带走了光阴的故事。而玫红的诗歌却让我冬至的这一天沉浸在温馨的氛围中，心头流淌着涓涓细流。行走在青山绿水间，她把家国情怀写成一组又一组婉约的诗：

> "摇曳的烛火中，茶香盈室
> 流水一日

清辉一夜

任云雾缠绵，风卷珠帘

我自禅心若莲

不问红尘深处，今夕何年？"

　　风吹着，日子被翻过一页又一页。俗常的日子里，她把做饭、看病、拔牙与社会、人生联系在一起，《此去经年》通过拔牙一事映射环境污染；《洋葱的怀想》描写人生的奋斗与挣扎。在《我的莲子心》这首诗里，用十八种中药名写出了自己的拳拳母子情以及对生活的无奈与流水年华的感慨。《手心里的雪》用雪的特色写出了自己作为母亲的许多困惑与伤感，写出了儿女渐行渐远后父母的凄凉与孤寂，道出所有母亲面临的难题：母爱如何得体地退出？

　　在诗人眼里，四季皆为诗，春天写《踏花吟》：

春天像一位粉腮红唇的姑娘

扑进你的怀里

涨红了脸

由不得你乱了阵脚

梨花迷了眼，一个字脱口而出——

恋

其实，爱与不爱

花季与光阴，她从未辜负：

探春远嫁

连翘迎亲，玉兰让你销了魂

丁香引路

柳缠绵——

春深不知归途

寻梅处
牡丹低眉
未开言，春光暗渡
她有足够的时间，让蜜蜂的翅膀
挂满露珠

被折戟的英雄啊
醉卧在桃花的江湖

　　寥寥数语，描绘出一幅百花齐放，春意盎然的美景。秋季有《花落后》，用黛玉葬花的情节刻画肃杀、萧瑟的秋景，"天尽头，冷月挂枝头"。她清新自然的文字，透出女性的敏锐与细腻，透出教育者的冷静与智慧，显示出她对于文字的推敲与执着。

　　诗歌不仅是一种文体，一种气质，无论以什么样的方式表现，都能体现诗人内在的光芒。作为英语老师的玫红用缜密的心思勾勒出一幅幅美妙的场景。她把非理性注入写作中，构成了生命的完整性与饱满性，折射出生活的多样性与严肃性，衍生出对人性的诘问。当人们沉湎于对世界和心灵的发现与思考，并且将语言自然地运用了若干年之后，文字就会透出温度，散发出内心的芳华。

　　心里清静的人，世界也是安静的！如果说玫红是用"真心、真情、真诚"来创作的，而我却认为她在字句的把握、意境的营造、文体的建构上独具匠心，每个细节都在叩响生命紧绷的弦，探触人们生存的底线。这种层层叙事，如锋利的刀刃划破伤口，撕裂的疼痛深入骨髓。她笔下的爱情诗也是安静温婉的，有时用白描，有时用意象。文字朴实无华，不以贯奇、生僻甚至炫技来夺人耳目。这不是缺点，反而恰恰是她的长处，文采往往如云彩，年年有，月月有，甚至天天有。而我认为，对于诗歌而言，有时候，几个得体的词，走心的字就能打动读者。

悦享《一个人的江湖》，与其说是对文字的检阅，不如说是对心灵的涤荡，她的文字倾吐的是一种心痕，是炽烈而非焦灼的，是理性的而非任性的。同时，她的笔端以挑剔的目光，以在场的情景显示未在场的情怀，以有限表现丰富的无限，字里行间透射出对生活独特的感受和对生命的感悟，既不盲从，也不跟风，极具个性的写作，完全是超越现实主义的一种探索。

诗歌，既要有诗的韵律况味，还要有歌曲的抒怀情感。意大利文学大师伊塔洛·卡尔雅诺说："准确，是最优美的语言，准确的语言能够有效地描绘，生动地呈现美好的情景，过多地修饰，反而破坏意境和美妙。"是的，她也一直努力让自己的诗凝练、准确，从某些诗句中看出了她对字词的斟酌与锤炼，偶尔出现一些不够成熟或生涩的语句。但我相信，她的认真会有意想不到的收获。诗人撷取日常生活中富有灵性价值的素材，进行筛选、剪辑、加工、提炼，进而让诗意更丰富、更充实、更具深意，并寻求臻美。

诗言志，歌抒情。微笑着，面对阳光，张开思想的翅膀，诗在手指中游离，在纷繁的世界静守自己的灵魂，活在珍贵的人间，文字呈现出纯洁的灵性和率真的秉性。

《一个人的江湖》如花次第绽放，任风拂平那颗守望的心。心之所悟，适合读诗，让诗意跌宕思绪，任彩云飘曳心头。天气很好，苍穹灿烂！一首首诗将会因您飞扬，黄河之水恣意流动，澎湃出永恒的精神力量。把记忆流成一行行诗，丰盈幸福的日子。云散去，阳光浓烈，天空映照着大地。这样很好，不是吗？

是为序。

2020 年 12 月

目　录

第一辑　浮生一笑尘缘了

直到抽身退出

我依然把最后的葱茏留给你

谁说我无心？

端午情思

龙舟行走，艾草独倚

哀悼，掬起五千年的泪

沉重如铅

气节如衣，挂在旧日的如钩弦月

汨罗江呜咽，屈子随风漂流

昂首，跨越屈辱的岁月

忠魂犹存

往事如烟，掀起五月的雨帘

荷包精巧，俊俏儿郎喜乐无忧

粽叶，包裹着如蜜的心事

欲说还休

艾叶菖蒲，摇曳在每一家的门楣

红丝线，一头牵着《离骚》

相守，一头牵着你的手

誓不休

笑颜如花，把幸福挂满枝头

五月，思念如酒

此去经年

穿梭于芦苇丛中
一片白茫茫的芦花，惊诧
骨头间的争执缩小
年龄的差距
经受了热风冷雨的秀颜红唇
顷刻间袒露了你所有的秘密

张开嘴
你把深藏体内的一切打开
毫无保留地晾晒在牙医和众人面前
你咬过的绿色植物
咀嚼过的玉米和土豆
吞吐过的烟草
你咽下的痛苦和甜蜜
这些年你说过的话
骂过的脏字
还有舌头和牙齿的大小矛盾
以及夜里你
抱紧自己也无法喊出的名字

知道唇温的肌肤品尝了
铁器的冰冷
骨头在碎裂，你的表情

惊恐万状，脑海里满是残垣断壁

伤在骨头里，说不出口
涎水不断涌出
似中年的河流
有些浑浊和血污
此后的良辰美景都是虚设

牙床和河床一样越来越裸露
而你种植的、补过的瓷牙
像老树新枝，扎眼
再精致的工艺也无法匹配
过去的唇齿相依

我的莲子心
——中药名诗歌

一副陈皮包裹着厚朴的
知母心
自己宁愿把黄连吞咽
三钱甘草，沸水煎
荷叶，竹叶匆匆掠过眉间
金银花似乎还在喉间缠绵

恍惚已过半夏
马齿苋迟迟在脚下发芽
菊花微黄，青黛无花
蒲公英早生华发

秋霜应邀
益母草何处寻找
穿山甲引路，车前子摇曳着纤细的腰
我的莲子心何人知晓？

六君子汤也是中药？

蜗牛

深居简出，学古人隐身静修
小神大庙，青苔为伴
时有负重的痛被雨滴敲醒
又假装蒙昧，以防前路的旋涡与湍流

谨言慎行，探一眼退避三舍
触摸出人生百味
坐禅处，晨钟暮鼓，记忆生锈
梦只在月色里盛开：
高山流水，渔舟唱晚
躯壳化作了翅膀
自己却忘记了飞翔

云深不知处
我宁愿缩手缩脚
然后，用余下的岁月
豢养内心里的蝴蝶
即便黄鹂飞上枝头，贻笑大方

一生负累，低头，缓行
哪里是忘尘谷？
三生石上，我会入了谁的法眼？

洋葱的怀想

我喜欢上了回忆
回忆起了我的黄袍马褂
香炉　青菜　还有浑身斑驳的伤口
以及我曾一路陪你的光阴

看你秀颜红唇
看蝴蝶飞入芦花丛中
陪你把彩色照片换成黑白照片
陪你坐看一炷香
缓缓燃尽

忍受你安排的冷热人生
忍受你把我丢进滚烫的红尘
蚀骨　对你服软　然后
任你摆布

看你低眉含羞
走进别人的生活
看你化作星辰
作别西天的云彩

直到抽身退出
我依然把最后的葱茏留给你
谁说我无心?

花落后

冷雨敲窗，红消香断
该出场的都出场了
先是绛珠草一样的女子
从红楼闪出
柳眉蹙烟，杏眼含泪
提锦囊，挽花篮
装了早逝的母爱
水乡的家，寄人篱下的哀怨
自己孤傲的影子

潇湘竹瘦，空枝霜
幽径凄凉秋。弱柳扶风寒鸦鸣
她侧身出院门
越小桥，转朱阁，绕过怡红小轩窗
俯身处，三帕绝句
几枚殷红
一抔净土葬香魂
水静红叶痴

不如我执花锄
扫了残秋，收艳骨
焚了诗稿，断痴情
葬侬于天尽头
天尽头，冷月挂枝头

一梦江湖
——悼念金庸先生

快意恩仇的

江湖，总是一边哭

一边笑，无处藏身的靖哥哥

一把揽过桃花岛上乱跑的蓉儿

嬉笑、怒骂、吵闹，之后

悲泪泉涌

残秋入眼

一抹夕阳断愁肠

美人吹箫

英雄落马

武斗的江山瞬间坍塌

爱与怨

从此轻若鸿毛

落满尘世

青山雾罩，大河泣声

剑客和侠女

纷纷麇集人间

折戟沉沙

怀揣一腔碧血丹心

护送华语世界的武林高手

西风啸马

雪山飞狐，独行侠

一支妙笔扶稳——颠倒的乾坤

江湖深，豪情梦空

他爱的女子，隐居在武侠心中

销魂的故事，伤神

金老轻轻合上书

拱手、抱拳

策马扬鞭———

抱歉，我先行一步！

雨水

春天的日子里
总有一些期许
比如桃花开了
找一些出发的借口
比如梨花白了
找一些洁净的词语
比如面对一池春水
折一叶扁舟流向心仪的地方
然后，抽刀断水

年少时的种子
被包裹在亲情的琥珀里
挣扎的痕迹
也折射出生命的纯真

总有一些温情的理由
推动前行的脚步

你看，昨日的雨水
乘着今日清晨的雪花，飘进我的诗

情人节

——写给 2018

多少爱，以梦为马
斜倚在春天的门扉
整装待发，望北风料峭
万物的骨骼寒凉

多少尘埃
蒙住岁月的华彩
把深情压在生活的仓底

我忍住忧伤
守住清晨的阳光
在来年的圆月升起之前
折一支芦笛　在人间，把芳心暗许

那时候

那时候　梦是圆的
住得下嫦娥　舒广袖
倒下的树做柴烧　还有桂花香

那时候　时间是缓慢的
老传统在奶奶的故事里流淌
还有千古的爱情被传唱

那时候　心灵还是高洁的
容得下雷锋，诺言不染尘埃
笑容里荡着春风

那时候　信是折叠的
藏得住枫叶，泪痕，还有名声
纸笺里留有墨香，温暖心房

那时候　农家小院还是敞开的
鸡鸣狗撒欢，猫在墙角处打呼噜
看得见邻家小妹照镜子梳辫子

那时候　冬天的菜还是酱腌的
小青虫也是天然的
围巾不是皮毛的，棉布的

留着妈妈的味道

那时候的一家人都是围着炉火坐的
看电视，也打量对方
攒够了向往，远方已荒凉

那时候的夜是静悄悄的
蝉韵　蛙鸣，天籁之音
隔壁大叔家的二胡曲，声声入耳

那时候的我们是孤独的
书本是互相借阅的，世界不是互联的
他只会坐在角落里傻笑的

翻身坐起的情人节

——写在 2019

早晨，太阳照进窗棂
我的诗意翻身坐起
补上了自己的情人节礼物

昨日的浪漫
仍然弥漫在空气中
红玫瑰、巧克力、咖啡
春天牵出一匹枣红马
送给长着蜜蜂翅膀的一对人儿
丘比特的神箭在身后嘶嘶响起

红包、时尚衣物、化妆品、电影院
朴实的爱情也开出一大张清单，于是
尘世的街道暧昧起来
急驶而过的车辆也散发着香水味

我窝在被子里，捂着红肿的脸颊
与半边头疼，一边想着那个渐行渐远的
高大背影，一边想着氤氲茶雾中的那只手

望着屏幕上

一束没有刺的粉色玫瑰

心中却期盼，爱神送来一碗

香甜可口的糯米粥

且喜且忧在人间

一

年关在即
这个神兽，成了放牧者
它追赶着太阳、月亮、雪和雨水
让时间疾行

它游走四方
收纳欢颜、瘦骨、思念与苦楚
它吐出迷魂药
让日月颠倒，让星辰落满楼宇

它呼啸低空
唤醒乡村的炊烟，城市的车流
一场浩大的迁徙告别旧年

它无孔不入，用红色的舌头
把人们从车间、厂房、学校
脚手架上，驱赶到车站、码头、航空楼
乘着昼夜的春风
聚拢到有烟火的地方
然后，它化作灶神、门神、土地爷、仙逝者

和各家的祖先们一起
端坐在高处
收获着人间的幸福

二

我盼着过年
又害怕过年
害怕雪花压倒早发的春芽
害怕清晨的某一天醒来
母亲已松开攥紧的手

我害怕夜里做梦——
梦不知所起
又害怕夜里不做梦——
掉进白日的旋涡

害怕钟声响起
迟缓的脚步跟不上新年的节奏

三

鱼在水里嬉戏
猫在地上仰头追随
我倚在椅子上，看猫
琐碎的时光里
咀嚼生活的滋味

脑海里一堆词，只孵出
一句话："子非鱼，焉知鱼之乐？"

猫总能找到舒适的地方：
花盆、皮椅、沙发
儿子的床尾、我的棉拖鞋
先生及我的胸腹
阳光最先进屋的地方

似乎母亲需要的比这要多些
不然，我怎么乐意给猫当奴？

四

盼着昨日辞世的老人
在人间的侧面仍旧读着书
头顶阳光荡漾
脚边狗兔撒欢
耳旁胡琴，声声入耳

盼着雪地里盛开的玫瑰
不带血腥味
从六楼飞跃而下的
那位母亲，魂有所属
儿女在人间继续扬着头

下棋的男人们

每天解读着楼上的孤独

冷漠的家人们

互相做不了对方的主

人生一场戏

天堂遥不可及

月亮成全了织女的乔迁之喜

五

墙角的方寸之隅

布满了陷阱

密织的蜘蛛网上

晃荡着几只小昆虫的尸体

蜘蛛已不知去向

只留下迷幻的局

腹中已空的虫

万种新生，一种凋零

因与果，恩与怨

谁曾是谁的哪一枚？

没有败给世俗的傲骨

最终败给了柔弱无骨的网

六

亲情是一棵石榴树
结满了龇牙咧嘴的果实
火红的外表下
那么多的无奈与依赖纠结在一起
掰开肥瘦不一
的籽粒，内涵一样
皮薄，核大，肉少
为了那若有若无的甜味
春天伸出粉红色的舌头

七

家是橙色的
如初升太阳，不耀眼、不咄咄逼人
如风吹柳叶，絮落发梢
雨湿额头

家有烟火味
有似曾相识的体香味
能够闻到被子在太阳下晒过后
棉花及布的味道

家是流动的小溪
昼得暖阳，夜享清辉
草木安然，风进出自由

虫有虫的天地，花有花的角落

怀揣蝴蝶梦的女人们
折叠起翅膀
甘心地充当春天的使者

我倚在家的门扉上
半边寒凉，半边温暖

八

习惯了别离
我们把泪水藏在心里
越过胸中沟壑
蹚过仇怨的河流
把亲情送上征尘

习惯了失去
我们把慈悲带在身上
藏起欲望的匕首
拥抱彼此的寒凉
把良善传递后代

习惯了忙碌
我们把闲暇搁在年关
把失意与荣耀挂在门楣
让沉默开口说话

让老去的村庄张开歌喉

习惯了坎坷
我们把祝福送给亲人
让清风注满衣袖
让前程装满好运
让亡魂迎接明天的重生

让年在匆忙团聚中
修补漏洞百出的生活

我们

我们一路奔波

为生活、爱、儿女和各种证书

回首过往

生活欺骗了我们

留给我们伤痕、缺憾及忧伤

爱是离弦之箭

儿女如天上的星辰

证书是世俗舌尖上滚动的新闻

还有一纸抵押在中介

唯有灵魂

一直相伴到老，终不灭

结草衔环

从晋到秦
我一直被踩在世人的脚下
拧成一股绳时
才具备了改变命运的力量
被绊倒的战将
逢秋则忘春

四季的风景里
我安然做世界的陪衬
草木一秋
花落焉知多少?

在水泥与岩石的夹缝中
我寻找生机
从灰烬中重生，以此报谢
春风与大地

回不去的故土
月光依旧，陌上相逢时
谁还记得结草衔环?

立夏的顿悟

一

想知道你从哪里来
春分、惊蛰、清明、谷雨？
我看见黑夜的翅膀闪烁
夜莺隐遁在光阴里

你走了多少个轮回？
儿子的青春、母亲的旧时光
我的芳华？我看见一场雨后
又落了一场雪
梨花桃花弄丢了自己

你是否从这里出发——
田野，街市，山涧，海岸
还是五月的一阵风？

你不痴不嗔
来去雷厉风行
面对生命的变化多端
你是否也曾丢失过自己？

二

昨夜，风来
你扶着自己，我扶着村口的槐树
雨一身素念，闲敲了
一夜轩窗

错过的季节啊
日子斑斑点点
流水落英
是春天无法割舍的殇——
原谅我的迫切

原以为深埋的种子会腐烂
夭折的荼蘼会绝迹
原来，是在等待 一场宿命

伤心欲绝的路口
我在寻找自己
幸亏夏天来得及时

尘世之恋

饮尽酒碗里的星空

洗净人世的尘埃与污垢

放下卑微的念想

熄灭酥油灯——

无须纠结

该怎样告别人间

只愿洁净的灵魂在天堂飞翔

就这样吧，打开毡房的门

迎使者进来——

把月亮和星辰留给山河

把牛羊交给草原

把苦难与生活留给修远

把祈福交给法轮，经年不息

把经书归还庙堂

把佛龛留给子孙

把爱恨情仇赋予转瞬即逝的桑烟

把信仰写在苍穹

把蒲团放在风雨必经的路口

把六世轮回交给佛祖

把一颗红心献给泥胎的菩萨

近山远壑，遍野经幡

白塔、灯台、众神歇脚的玛尼堆
虔诚的阿妈匍匐在路上

毡靴、帐篷、牛粪砌成的羊圈
糌粑、晾晒的衣衫、旧奶桶
抱着孩子的卓玛在门口张望

溪流、牧草、格桑花
牧羊犬、牦牛、日渐消瘦的骏马
锈蚀的刀把十指连心

寺庙、坛城、诵经声
身着袈裟的喇嘛步履从容
鸽笼似的红房子外
山高水长，小径曲曲折折
不知磨破了多少朝圣的鞋子？

这一生，修行的路如此漫长
今天却走得这么仓促！

就这样吧——
围着白塔转三圈
把俗世的烦扰甩掉
让时间了却未尽的俗念
让肉身伺服秃鹫与乌鸦
灵魂回归天堂
诘问灰飞烟灭

把惊惧与人生哲学留给看客
最后，让寒凉的骨骼化成石头

那一天，下山的路异常泥泞
举步难行，我抱紧自己
怕三魂七魄溃散而万劫不复

下雪啦

大地铺开一张辽阔的状纸
赶快写下你的冤屈吧：
旷野里撒野的童年
冻疮的脚趾、漏风的木窗
断线的风筝，消逝的肥皂泡
干涸的沟渠、田庄
身体里储藏的咸水、草籽
薯干、风寒、咳嗽
潮湿的柴火呛出的泪水
梦里跌下云端的尖叫
黑夜与寒冷催生的怯懦

然后写青春期磨过的剑
错过的手
邂逅的风雨
脱落的鳞片及裂口
岁月锻打的骨头、折翼的蝴蝶
别人门楣上的荣耀
命运布设的陷阱

卸下铠甲与利爪
已见中年的惶恐与白发
内伤、暗疾、割去的器官

咽下的苦涩
丢失的亲人、远去的家园
内心里豢养的猎犬

搓搓手，扯住暮光
且等次日的太阳踱步而出
收起状纸
捻须一笑：重者入土，轻者入云

送别

她没有回头，也没有挥手
只是侧着脸望了我们一眼
就消失在安检口。同行的女孩
却向她妈妈招手，甜笑
回眸处，芦花绽放

广播响起
广场上如蚁的人群
被一条条赤身裸体的巨龙吞噬
然后，腾云驾雾
从另一个城市的云端落下——
再把他们吐出，丢在各个站台
这一程，一段冷暖人生

这些如花的少年，嬉笑着
把岁月打包，把离别寄存在窗口
背起希望踏上未知的路
此刻，我被九点的钟声
晾晒在铜奔马脚下
跑遍世界的铜奔马，已挥汗如雨
静观无数只脚、拉杆箱、背包
长发、短发、各种方言
或黑或白的面孔

流水样涌进，又涌出

未来如风，踮着脚尖
踩在我的肩膀，展翅欲飞
憧憬，穿着高跟鞋
在红地毯与水泥地面之间来回试探
被掏空的我，孤零零
站在被洗劫一空的广场上
不停地发问：上帝啊
你今天顺手又把哪一只蚂蚁
扔向了炙热的人间？

芍药引

辞别艳春
暗渡一段红尘俗缘
晚熟，也要孕育一枝养血的根

六月的雨点密集，剩下的
时间已不多
携熟地、川芎、当归
做一位医者，扶女人走过血热的日子
举一盏淡雅的花朵
高擎对生命胎动的热情与蓝图

夏天那么深
你得轻轻，浅浅地走
躲过雷声、大雨、冰雹
还有被太阳灼伤的眼睛
低眉、敛声
草木一样，安静地来去
看四季风动，掠过热气腾腾的人间

我若去看你
先得放下心里的诸多杂念
唇齿间的药味、体内的潮汐与月缺月圆
以及一些勉强咽下的
华丽辞藻

人间的温良

假如不曾觉醒
一路踩过玻璃碎片
山水被挡在门外
我还是生活里的多种角色
脚趾头的悲哀只有鞋知道

假如别人的窗口不曾开着玫瑰
心头的蝴蝶不曾振翅
假如心如止水
不被倒镗的子弹击伤
我依然心燃一炷香

假如物质的疆域和
隔阂不再扩张
对于心灵的荒漠
我选择俯首帖耳
冷漠需要土壤，还要怎么证明
咫尺也叫是天涯
我其实，一直在向你靠近

宁愿把痛苦包成一粒琥珀
伴你左右
一起走向风口浪尖
"人间的温良，不是随手一折"

第二辑　痴念一梦走天涯

我在黑夜摸见了神鹰留下的火种

所以，即刻起身背上水桶

赶在黎明前去银河打水

赤壁长城
——有感于甘肃张掖丹霞

一

沙漠风干山的眼泪
若水滋养着胡杨的魂魄

佛寺净化混沌的人生
石窟收留遁世的僧众

村庄戴着草帽远去
故人与童年被光阴牵走

红砂追着西风，疾走天涯
霜雪舞着刀剑，巧绘丹霞

夕阳跌迦而坐，裹紧袈裟
山川披金戴银，说着古话

二

飞天丝绸　大唐魂
穿越阳关甘州，黑水城

丝路脊梁　山岳情
邀约八方游客，河西行

长河落日　大漠风
吹皱半城芦苇，半城霜

边关冷月　马蹄铁
踏碎丝路花雨，祁连雪

一路风沙　沙成丘
魂牵焉支神韵，黄金秋

三

有一种风景，力鼎乾坤
有一段历史，浓墨重彩
有一种风光，俯仰千古
有一种美，汲取日月精华

有种人生，戈壁播种航天梦
有种文明，沙漠风催杨柳红

有一种坚守，赤胆忠心
有一种尊重，隔岸观火

有一种信仰，山高水长

有一种铁血丹心
谱写丝路的华彩乐章

四

汉唐披着霞光
悄然消逝在河西走廊

失落的村庄，徒留我
高举不倒的牌坊

怀古的胸膛
烙印着黑水国之殇

遗世的风骨
激荡着人间的正义之场

有人宝剑出鞘
刺破山河的一腔热血

复兴的号角吹响
丝路明珠已被朔风擦亮

五

我是甘州的骆驼
山丹的铁骑

龟兹的羔羊

焉支的雄鸡

我是红棕头发的罗马人

身披袈裟的西域高僧

我是众僧拜佛

神龟问天

我是灵猴探路

神龙熄火，猛虎出山

我是祁连雪魂

黑河神韵

我是喋血忠骨

钢铁战神

我是山石，是沙砾

是丝路隘口上珍藏的一座城池

六

山是雄性的

水是雌性的

水绕山而行天下

所以，山有棱，水留痕

男人说：我是利刃，是战车

是征服和占有

是他的宫殿，他的城堡
他的王国

是刀光剑影，十面埋伏
是所有能够称霸天下的
雄性荷尔蒙

女人说
我是琵琶舞女
古塔魂
是八声甘州宋词韵

历史说：我是赤壁长城
是丝绸之路上的无字碑

花开见你
——甘南"晒佛节"掠影

一

黄土坡上
白塔冷立，一位藏族老阿妈
虔诚跪拜，发如枯草
脸庞挂满沧桑

晨曦中，西仓寺
熠熠生辉
金顶　黄幢
五色经幡在风中猎猎作响

一群摄影者
围上了老阿妈，热情地拍照
头顶，乌鸦乱叫

到底谁该赎罪？老阿妈
为何你要不停地磕头？

二

一座山：荒芜　沉默

一座塔：洁白　巍峨

一座寺：金碧　辉煌
一个喇嘛：垂目　坐禅

一位牧民：孤苦　苍老
汗水洒落在草原

一位老阿妈：执着　坚定
匍匐在朝圣的路上

一位高僧：神圣　庄严
把牛羊供奉给众神

一只猫：静卧在
喇嘛身边　打盹

一幅画：苍凉　禅意
我在参悟：众生平等?

三

转山
这里山连着川
土盖着土

转水

这里水绕着山
荆棘串着荆棘

转佛塔
这里的村寨处处有佛塔
寺院连着寺院

转经筒
这里的经筒多如牛羊
头对着头

廊檐下数公里的经筒
任你从春转到冬
再转到
来年的春

掸了掸鞋上的土
我不愿步人后尘

四

有一阵风
在甘南草原上逡巡
不愿改变方向

有一只乌鸦
在西仓寺的上空盘旋

不肯落在卓玛的屋顶

有一群牛
低头嚼着去年的草
不去关心三月的风

有个牧人
匍匐在桑科草原
不想搭乘过路的车辆

有一只猫
在喇嘛身旁默拜
不肯离开佛缘净地

有位高僧
敲着木鱼，口念经文
专心做着节日的法事

有一个地方
世人都明白
你我修行终身，也无法到达

五

佛走过的路
也是俗人要走的路：
翻过九九八十一座山
蹚过九百九十九条河

走过三百六十五个
日日夜夜

匍匐行走的人
开车的人
路过郎木寺的人
蹚过大夏河的人
去同一个地方祭拜祈福的人

你看，西仓寺前
那个断腿的残疾人
不知磨破了多少双手套
依然爬不出世俗的眼：

围拍他的人太多
渡他的佛，正走在修行的路上

六

出世的路很长
峰高、坡陡、路险
佛，先渡己，再渡人

所以，佛入世后
要众僧帮忙，方能登上晒佛台

起初不明白
开道的僧人为什么骑着马？

佛不是坐着祥云吗？

原来，佛路过尘世时
众生，争着抢着要从佛的
身下穿过

他们想借佛——
消除病痛和灾难

殊不知，世间的修行
从来没有捷径

生离死别
我们要逐一走过

七

太阳越过黑暗
从后山爬上峰顶
静候佛祖，莅临

普度众生的路漫长
诸神在帮忙

一尊佛
一轮红日
万道金光射在佛祖额头
好运啊，花开见你，日出见佛

历史疗伤的时候
——福建行走记

一　金门岛

海大，岛远
远处的岛屿坐落
在海面，恰似几粒小小的纽扣
钉在祖国的锦绣大氅上

邮轮让我感到
自己的渺小，高站在甲板上
亦如一只鸟
倏忽淹没在汹涌的海潮

到过东海才知道
台风的威力。丢衣衫意味着
丢尊严。掀起巨浪的风
一定都有来路
战争的朔风里传来声声呜咽

历经风浪才懂得
现实的雾太浓，思想穿不透
历史疗伤的时候
民主只能侧身躲过

环游海岛后
我意识到守望领土的
窗口太小，装不下台湾和金门岛
于是，买把菜刀藏在腰间
"谁敢横刀立马？
——唯我马首是瞻"

二　攀登的喜悦

从闽东到闽北
茶山匆匆掠过
满眼葱茏里，武夷山的瀑布
飞落眼前

恰逢云开雾散，攀登的喜悦
瞬间绽放：
摁下身旁的云朵
却摁不下蝉噪和鸟鸣

摁下心跳的喘息
却摁不下喷涌的山泉
摁下眼里的惊叹
却摁不下脚边云雾缥缈

摁下征服的兴奋
却摁不住武夷山的仙风道骨

摁下纷繁的思绪
却摁不住不羁的灵魂

灵魂飞翔的时候
你是否听到它振翅的声音?

三　匆匆一瞥间

回眸一笑
眼前又是客家土楼
客家小妹婉言浅笑
一缕茶——唇齿留香

美景悄然更换
古田遗址前,主席挥手之间——
星星之火,燎原之势

丘陵和云雾在车窗外倏忽闪现
美景总在匆匆一瞥间

鼓浪屿似一粒珍珠
闪烁在闽南的胸口。来不及触摸——
鹭江北岸的雨已打湿了眼帘

厦门岛往事悠悠
跨海大桥在云雾中妖娆
三坊七巷的油纸伞

在细雨中旋转

匆匆一瞥间
我忽略了生命的诸多遗憾

四　植物

岭南，怎么看
都是植物的王国——
高大的凤凰木
笔直的椰子树和楠竹
如人间的谦谦君子

其貌不扬的香樟树
盘根错节的榕树
铺天盖地的植物——
让你因香而沉醉
因绿而生出深邃的情

人对植物的情
助长了他们的痴狂
你看：高架桥上，房前屋后
青藤一类如群蛇狂舞
占山为王
固若金汤的楼宇
也经不住爬山虎的柔臂缠绕

越是柔软的东西，越是不漏痕迹
彰显力量
多想成为岭南的一棵草
细雨后——一夜返青

五　蝉鸣

到了南方才发现
枕着蝉声入眠
并不是一件美妙的事
倒像是入侵者遭到了围攻

蝉声在树林里穿梭
我的梦被层层的绿覆盖

月亮是黑夜的眼
昆虫是植物的唇
因草而生的昆虫
喊出了植物和水的秘密
植物和地球的秘密
人类和气候的秘密
比如五月飞雪，盛夏的冰雹
撕裂了玉米的阔叶
让人措手不及的洪水肆虐

反常的事想捂也捂不住
你听：绵延数百公里的山谷里

蝉，撕心裂肺地叫
热啊，忍啊——

虎啸岩的崖壁上，观音
手执如意，笑看浮生
双膝跪地，为他们在世间的莽撞——
忏悔

六 客家土楼

风吹过
思乡的魂在远方漂泊
千年的苦难在屋檐下
滴答滴答，跌落

我们穿越了潮湿的传说
穿越了客家人的昨天和今天
穿越了历史的阴天和晴天

终于懂得：土楼围着天井转
月亮围着地球转
海潮追着月球转

换句话说
绿水绕着青山转
乾坤围着"道"在转
岭南人的爱恨情仇——

总是围着
茶
　　　　马
古
　　　　　道
转

七　月光

雨季的南方
看不到月光
也许是浓密的植物
让月亮找不到通向人间的路
灵魂在潮湿的古巷徘徊

北方的夜晚，月朗星稀
月亮挂在窗口
嫦娥引诱着我
于是
一屋子的爱情和遐想
纷纷寻找出路——

八　鼓浪屿

南宋的龙吟
明朝的阵阵擂鼓
唤醒了海浪和渔船

唤不醒北方人的温润与婉约

柔美的水
健硕的海风
缠绵着五湖四海的邮轮
无法惊扰打鱼人的木撸声声

菽庄花园的琴声余音绕梁
日光岩的夕阳
踏浪归来
千年的风，万年的浪
摇曳着我今夜的一帘幽梦

神鹰之乡
——甘南掠影

一

扎尕那的傍晚静悄悄，夜远离时尚

夕阳有些不舍，在山外频频回头

又一场离殇

晚霞依偎在高原的胸膛

游人在黄昏的草丛里

捡拾着蛙鸣。秋虫在合唱

每一根木头里都有他们的骨骼和故乡

牦牛浪迹天涯，植物长满路面

藏家女人，逆水而上，回家

她背着青草，尾随着大红马

像岁月披一身袈裟

神鹰遁身空门

老树昏鸦，令人惊讶

山的褶皱里有

万吨的黑暗压过来

小女孩突然向我伸出了手

丝毫没有露怯

俯下身的时候：我把

几世的苍凉，映在她的眼睛里
炊烟温暖如家

二

溪水潺潺，细雨涟涟
似乎在吟诵山与水的缠绵
蓝天抱着白云，无言
拉桑寺的经幡迎风招展
格桑花绽放欢颜
村落如莲花静坐，恰似峡谷的眉眼
远山静默，漠视树的劫难

村长的青稞酒里，满含深意
锅庄舞，掩饰了我们的距离
藏獒的眼睛里藏着客人的惊惧
以及我的猎奇之举，它不会说出
野雉突然惊飞的秘密

神龛里金盆闪着光芒
新盖的踏板房透着清香
要知道，有些秘密说不出口
我只能转身向前走

三

扎尕那的山坡上　景色异常

裸露的土地忘记了遮丑

神鹰打盹的时候，成排的松木和杉木
没来得及喊疼，滚下坡
叫醒了沉睡的石头
愿不愿意
他们都得下山，完成人间的穿越

就如我被故乡推出，来不及回眸
已和你天各一方
把青春抛到身后

我曾努力奔向远方
打磨、燃烧、提炼、之后
华丽转身，以各种角色
炫耀我的脱胎换骨

我用尽一生攒够了盘缠
却倒在了去寻你的路上
此刻我多么想
成为一棵树，长在你必经的路口

四

高海拔的 黑拉村坐落在山顶
身后是骨麻湖 高原之眼
铁骨铮铮的骨麻山
像个战神 灰色的崖壁上不长

一棵草　骨麻山的身后是重峦叠嶂
山之崖是神鹰的故乡　再往后是
众神居住的地方——

黑拉村离天空最近
因此，征服它如同征服了
喜马拉雅

五

高山　峡谷　森林　匍匐在脚下
惊心动魄　我们渺小如飞沙
他们不会说话，否则　合力拥抱
转身便是天涯

山路弯弯，似缠绕腰间的哈达
溪水行色匆匆　村落　经幡　白塔
玛尼堆透着神秘　树梢站着乌鸦
藏獒坐在踏板房前　兀自惊讶
村子里的马和牛羊安静优雅

白云善解人意，依偎在脚下
一些被捧在手心　一些缠绵在身边
不动声色　安抚着我们更大的野心

我的征服感　突然被放下

六

你绕过山　绕过树　绕过悬崖
你流过春　流过冬　流过严霜

流过拉桑寺　你皈依空门
看白云拂过红瓦金顶　看众僧
翻开经卷　听活佛讲解般若
让法轮常转　禅意弥漫
看晒佛的仪式年复一年

流下山坡　你沿路拨动转经筒
为众生祈福　格桑花绚烂
让信仰之花开遍每座山头
青草随风起舞
牛羊在山坡上浪漫

流过崖壁　你推动石磨转轮
看神鹰高悬头顶　听喜鹊传递福音
让酥油茶吐露清香　油菜花冠压群芳
让勤劳变成幸福的糌粑

流过村庄　你把桑麻裁成衣赏
把青稞酿成美酒　让六畜兴旺颗粒归仓
让藏寨生生不息　歌声传遍四方

你听过风的浅唱，雨的低吟

你听过鸟的呢喃，臧家女儿的秘密
你流过千秋万代，却流不出脚下的土地
那么多的唱经和法会
怎么无法超度你的污秽？

叩问诸神：溪流淙淙为哪般？

七

古老的山洞我找不到，却找到了古老的传说
传说中的郎木（女人）找不到，却找到了慈祥
的臧家阿妈，她们是散落在草原上的珍珠
岁月的打磨让她们散发着神奇的光芒

众神我找不到，却找到了金顶红瓦的郎木寺
寺里的红衣喇嘛　手持转轮的藏民

信仰我看不见，却看见了每座山头的经幡
佛龛里端坐的金佛 以及众神歇脚的玛尼石

喜鹊我看不见，却听到了它衔来的福音
坐禅诵经我做不到，但我可以在心底点燃一炷香

牦牛在浪迹天涯，我却闻到了酥油茶的芬芳
神鹰高悬在天空，我却收到了她庇护的吉祥

一弯新月我够不到，我却可以捧得两手清辉

一边是陇地涌来的雾，一边是来自蜀国的风

苍穹够不到，我却可以捡拾到它散落在
水里的星星，耳边缭绕的禅语和鸟鸣

黑暗可以触碰，但我不忍去触碰
水里的另一个月亮　就随她在白龙江里流淌
一直流到女神心仪的每个地方

一轮太阳够不到，但我可以留住
阳光的绚烂，可以留住绿水环绕的青山
让晨曦把露珠洒在草尖

看暮云把灵魂安放在牛羊身边
让花香拂袖　让茶韵弥漫在山间

一条江水留不住，但我可以留住匆匆的脚步
留住蓝天　不让沙尘落于檐下

岁月留不住　但我可以留住歌声和笑容
留住信仰　不让心浪迹天涯

爱情留不住，但我可以沐浴在月光下
静待一株菩提慢慢　开花

春天先我一步到家了

——四川行散记

一　春天先我一步到家了

我从阆中古城归来
携带唐朝的风，宋朝的雨
清代的桃花小扇
还有汉春节的前世今生

挥别了嘉陵江的淡墨山水
携带着岭南的飞流和雨雾
山城的晨曦与暮云
还有船工的一抹笑意

我从天府之国归来
卸去一身的疲惫和旧伤
带来一缕茶色与花香
还有亲情的甘苦相依

辞别青城山的禅院道观
我窃取了都江堰的两株花苗
想把南国的春　种到北方的家园
随手一插，便春满枝头

未曾想：掀开冻土，发现一粒花籽

正破土而出——

哦，春天已先我一步到家了

二　宽窄巷子的联想

宽巷子　并不宽

宽的是　节日的张扬

拥挤的不是流年　是日子

热闹的不是古巷　是人群

青石板上谁也没有留下脚印

年在喧嚣中一次次　复活

风推开历史的木窗　张望

一脉相承的市井文化

江水一样　经年不息

窄巷子　并不窄

窄的是　文化的传承

逼仄的不是街市　是人性

碰撞的不是历史　是芸芸众生

回不去的传统和乡愁

金鸡红着脸向四面八方高叫

也无济于事

我们只好千里跋涉去寻找

回归的感觉

井巷子　并没有井
残砖断瓦，讲述着改朝换代的过往
以及断片的光阴
一段文字，一个朝代就诠释了
一块砖，一代伟人也离开了

何为宽窄？心之胸怀
窄的光阴，宽的路
歧路莫彷徨——有些路用脚走
许多的路要用心走

三　夜晚的天府广场

放出去的野心，瞬间被青竹俘虏
到处是婀娜的倩影
喊出去的声音，被高楼撞得粉碎
身边皆温婉的小调

从远方启程的星宿，赶赴
人间盛宴，挤不进的点点星光
寥落而羞涩
赴会的众仙，被霓虹灯
剪成碎片，恍惚地飘动在街市里

高瞻远瞩的伟人
不动声色，俯瞰着崛起的繁华

神秘的太极鱼，昼夜不停地
吐露着巴蜀人的诗意情怀

一句清词，一江婉约
一缕麻辣的人间烟火
一幕变脸的川剧
就这样把黑夜的秘密
吞得所剩无几

颠沛流离的尘埃
被人群搅扰得纷纷躲藏
在车水马龙的缝隙里窥视着——

夜空似一只大手
躲在暗处，似乎随时可以掐灭
这只失火的灯笼

四　二月的阆中古城

天边的船飘过来
八方的云朵也跟过来，穿透潋滟水光
一声汽笛，划破
朦胧烟霞，惊醒了酣睡的城门——
我对这尘世的爱突然间打开了

锦屏山　静若处子
清风把半江倒影

吹进梦里
梦里梦外，二月的雨帘
把人间的喜气
锁进这汉朝的古城里：

一夜未睡的红灯笼
热烈而妩媚，依偎在灰色的屋檐下
飘落的雨滴
每一声都是千年的汉书古韵

虬枝绿芽上
几只鹅黄的橘子安静地谛听
秦砖汉瓦的魂魄
流淌在青石板上

曲径回廊处
红梅斜倚，画眉被遗落在人间天堂

静荷池塘边，我是那汉朝的女子
柔指一曲：高山流水
晨露惊起
细雨打湿古镇的额头
竹影婆娑，蝉鸣一波又一波

侠骨柔肠云水间
我抽刀断念，独爱红绡帐边
那一盆金鱼，戏耍似水流年
摇曳的烛火中，茶香盈室

流水一日
清辉一夜

任云雾缠绵，风卷珠帘
我自禅心若莲
不问红尘深处，今夕何年？

五　流动的古城

山不转水转
我顺着流水向南转
细数岁月的脚步——
不悲不喜走着，转着
嘉陵江环抱的——阆中古城
木轮车推搡的历史
石磨上转动的市井生活
八卦图布阵的风水
在浓烈的醋香里流动起来

流动的淡墨山水，流动的
南来北望的人群
流动的日子
流动的川剧里的艺术人生

流动的一江春水
一城花韵。巷陌里
一扇木门半开半掩——
谁曾走近我雕花的长廊？

芦苇之恋

——盐锅峡徒步记

一 起风了

"起风了，我爱你 芦苇
野茫茫的一片
顺着风

在这遥远的地方不需要
思想
只需要芦苇
顺着风

野茫茫的一片
像我们的爱没有内容"

芦苇的执念里藏了多少
山光水色？风知道
一念起，春解语
思念在每个角落破土而出

二 唯有你坦荡

想想你夏天的模样

不免有些心慌

藏得住千军万马的青纱帐

竟然藏不住我的惆怅

我对尘世的爱，在风中飘荡

眼前的哪片河塘

能让迟暮的心不再流浪？

风浪里，你鹤发童颜

傲雪凌霜

谱写不屈的信仰

放眼远望，天地一片汪洋

我的爱

哪里配得上你的坦荡？

三　爱在某个清晨醒来

见过你青葱的模样

挺拔中透着刚强

山伟岸　河清凉

你的追随　一如既往

一只鹰掠过，黄河晃荡

它的孤独让爱　彷徨

它说：山是水的脊梁

谁会在乎　你的荒凉？

邂逅你，秋日正泛黄
一阵风，满地霜
云要走，水乘着风也追不上
江山有爱，岁月演绎着
一场又一场的离殇

心历经沧桑，曾被野火灼伤
真情依然浩浩荡荡

爱，在某个清晨醒来——
信马由缰　在风中张开翅膀
等候你的来访

四　芦苇对风的爱

叩问过路的神
这一川又一川的枯黄
何时才能换上新装？
让我遇见你时
是我最美的模样
风何曾明白我的忧伤？

试问飘过的云
这一阵又一阵的风
何时登上水的彼岸？
让你路过我时
胸中的山川漫卷云天

爱情没有预演，来得太突然

五　你来过的江南

其实，风来的时候
彩虹正在攀岩
雨不辜负蓝天
让她流泪过后，还她湛蓝

大雁叫碎了我的空间
来不及换上成熟的媚眼
我已经沦陷

记得你来过我的江南
那一瞬很短暂，星夜又阑珊
在你转头的瞬间
你看没看见
我把眼泪摔碎在天地之间？

六　我该怎样老去？

袭人的春寒里
我沿着铁轨寻觅岁月的踪迹
野火烧过的土地上写满你的履历
你的痛苦似蝉翼
在风中一片一片撕裂

清冽的河水

安抚着散落一地的迷离
风吹散了一季的凝眸
我找不到爱情的来路

栉风沐雨
把回忆拉到最初
芦苇铺就了一条迷途
让河水吟诵这一段卑微的曲谱

芦苇以她凄美的一生
表达对山河的一往情深
我只能在暮云下，迎风流泪

山奇水秀
不如你的眼神温柔
我宁愿选择在芦花中隐遁
也不愿在你的面前忧愁

我在想
我该用怎样的姿态老去
才不辜负上天的恩遇？

七　你知道

你知道黄河九曲十八弯
绿水围绕青山转

你知道浪花在崖壁上割袍断腕

水滴足以石穿

你知道黄土高原的世代劫难
祁连山的腹地沃野千里

你知道华夏祖先的生息繁衍
神农氏的焚林稼穑

你知道黄河流域的战火与刀斧
历史的尽头，民族负重忍辱

你知道晨曦之露　暮云之霞
月有阴晴圆缺

你知道霍去病鏖战匈奴　河西安澜
你知道鱼行千里，船搁浅滩

你知道黄河东流一去不复返
承载了太多的无奈和负担

你知道细水长流，大浪淘沙
唯独不知道
我的人生之舟——
何时抛锚，何时沉浮？

远去的骑手

——色达班玛一线游

一

佛陀连夜起身

去超度匍匐在路上的人

星星连夜起身

去引领误入歧途的人

月亮连夜起身

去安慰陷于爱情的人

母亲连夜起身

熬一碗热汤

给启程去远方的家人

我在黑夜

摸见了神鹰留下的火种

所以，即刻起身

背上水桶，赶在黎明前

去银河打水

二

一次遇见

揭开隐忍已久的苦楚

终于，倾泻了久藏的

情感，所有的感觉被唤醒

贪、嗔、痴、臆、绝

超然世外

压抑已久的感悟与热望

化成一座城池

将自己包围——

焚毁己身，也烧伤别人

离不舍，聚无缘

一腔烦扰与幽怨

打落一生恪守的清高——

单枪匹马

浪迹天涯

三

高天上流云：

一只雪豹追赶着马匹

天上的羊与地上的羊

隔一川红尘相聚

两头牦牛相依相守，脉脉不得语

白天鹅，婀娜舞在多瑙河畔

一只鹰带着神祇掠过天边

从来不曾想

天空怎会有如此的内涵——

原来，山河经书

烟火人间是最饱满的一页

四

日子散淡，活着简单
卑微的向往点缀其间
恬淡的幸福在弥漫
盈盈一湖水，把日月收敛
等你倚水妆奁

顾城说："草在结它的种子
风在摇它的叶子
我们站着，不说话，就十分美好"
我也想把不朽的诗句留给后世
可是，我这一生
除了拼搏与奉献
还能拿出什么把别人成全？
这疾走的光阴
怎能允许我如此贪婪？

五

黄河从青海出发
翻山越岭，历经坎坷
终成惊涛骇浪
它从青藏高原流淌
至玛曲，突然拐了一个弯

把大批的牛羊及牧草
留在这旷野

这是黄河感念苍生
留一条逃生的路
引领人们走出苦难

河曲马踩着红色
历史的蹄音
守候着长眠在沼泽的忠魂

夕阳如血，大美黄昏
我突然醒悟——
原来暮色可以壮行！

六

羊入虎口
人进了秃鹫脏腑
公平的法则与祭献？
在生离死别的路口
为何要反复撕裂这人世的伤口？
生命已落难
何不潇洒走上一回——
做一只羔羊
夜黑时，脱下袈裟
自己走向铁质的烤架

七

千里奔波
只为这一次遇见
之后，洗心革面
脱胎换骨——
净身、素面
禅修。青灯黄卷
晨钟暮鼓，把生命看做一个
向死而生的符号

放下执着、欲望、俗念
放下热恋的故土、亲人与爱情
囚禁蓬勃的青春
斩断身后发烫的眼神
借一缕青烟减轻俗世的罪孽——
折羽红尘了一生
只为死后赴青云？

八

在这野花沸腾的草原上
经幡飘动
到处都有红衣佛祖的福荫
每一座帐篷里都有平安
风自由地吹
心灵也是自由的——

可以扬鞭策马，驰骋到天边
过足了瘾，坐在小溪边
煮一壶奶茶
和藏族兄弟豪饮，把酒论英雄

弹琴、朗笑
齐唱"格萨尔王"
夜晚，和卓玛一起
围着篝火跳锅庄
——不说惆怅，不叹命运

曦光微露时
躺在布满星辰的毡房——
你，倘若有意抱琴来

九

如一匹日渐衰老的马
我迷失了自己
怀念缰绳与马鞭
怀念远去的骑手
怀念一场嘶鸣的战斗

天高地阔的草原
到处是温柔的陷阱
野花迷漫，寺庙与白塔
在蓝天下闪烁

山岗上，白云缭绕
青稞酒与奶茶的香味四处弥漫

我迷失了自己
沉醉在七月的草原
风，掀起雨帘
谁在远处深情呼唤？——替我
备好马鞍

十

从甘南到若尔盖
从甘孜到班玛县，一线千里
山连着水，水牵着山
白云缠绵在山梁
牧草铺开一张巨大的地毯
野花如前世丢失的魂
等你认领
牛羊如散落的珍珠，诠释苍茫
星星点点的白色帐篷
闪着神性的光芒——
天似穹庐，笼盖四野
我们乘坐的汽车
恰似一只莽撞的
野狼，闯进了汹涌而至的羊群

十一

草原围着一滩水说：寂寥
天空抱紧一朵云说：洁净
骏马守住最后的马鞍说：骑手
历史指着雕塑说：格萨尔王

道路对我说：余生
生命说：偶然
旅途说：遇见
雄鹰说：孤寂

原地踏步的法轮说着永恒
披金戴银的寺庙说着空灵
缀满祈福的经幡略过今生，说着来世
石砌的玛尼堆拜倒在众神脚下，说：歇歇脚

炊烟说：奶茶
阿妈擦了擦额头的汗，说：留下

识得人间一叶秋
——"木一轩"文友兴隆山赏秋记

一

在红尘辗转了几十年
终于拾得一枚词语
让我们彼此靠近
取暖

这期间
趟过生活的浊流
丢失了许多东西
童真、激情、青春
偶尔还有良善与尊严
眼里的星辰，唇角的江湖

收集柴火、盐巴和水
伺服行走的肉体
我们一路捡拾
幸福、友情、虚荣与体面
匆匆扯下一片云
掩埋亲人、怨恨、泪水
陷阱与伤痕

抬起头的时候

却与秋天撞个满怀

你看东山：青松翠柏之侧

所有的植物

拼命逼出体内的黄金

献在秋天的供桌上

一场盛大的祭奠仪式拉开帷幕

二

天地突然留出

一段空白

让我们回忆往事

似乎有些幻觉溢出脑海

彼时的天

与年轻的容颜

还有荡漾在校园内外的读书声

清晨的鸟鸣

站在山顶

琐事与红尘被踩在脚下

山下的路在延伸

流水冲出山谷，永不再回头

最后离开的人

请守住这秋天的光芒

三

拾级而上
脚下的黄叶发出
最后的声响

三清阁里
须眉花白的道人
埋头收藏着众生虔诚的祈祷
朝阳洞外
香烛燃烧着游人长情的告白

自在窝太冷清
我们登上最高处的
混元阁，歇息在散发着
烤肠香味的人间烟火处

剩下的三百个台阶
铺满了红叶，准备
迎娶下一个春天的新娘

四

物竞天择
苍翠与不朽
是大自然藏在山水间的偈语
草木一秋

色彩与果实，只是生命
对抗衰败的一种方式

世间的美景
总是藏在不易到达的地方
俯仰之间
无不隔着缥缈的云雾

爬山的路上
认识了忍冬、野山楂
云杉和一些灌木
还看到攀缘的茁壮藤条

暮色还远
腐叶，飘然落地
用绚烂完成自己的使命

遥望东山，眼界陡然开阔
秋天铺开调色板
所有人的心里
瞬间长出诗意的森林

五

清末先民
移栽的那棵油松，还在崖顶
它曾陪伴过我们的

豆蔻年华，如今
怀抱思乡的块垒，依然挺立
迎接冷热无常的昼夜

前行的路上
朋友恰似远山近水
擦肩而过的人都是眼里的
一粒尘沙

刘一明的诗里
四季的风景在轮回
感谢上苍
把最饱满的一粒种子，留给我们

六

掠过飞檐的风
挟持岁月的刀斧
轻轻地砍伐朋友的脸颊
伤及我的心

万物萧条
冰雪即将来临
挡不住的深秋催促我
把诗行写在红叶上，留给你

人生有着无数的岔路

很容易迷失
好在我们一路坚守
胸中自有丘壑
携一程山水，甚好

霓裳广袖舞天下

——河西走廊走笔

一 古都情结

秦岭无言　渭河奔流

秦皇墓　未央宫　遍地黄金甲

古今多少帝王事，尘埃落定

都付笑谈中

塞雁高飞　凤凰涅槃

阿房宫前　大明宫畔　万千粉黛佳丽

尘世几多爱恨情仇　已万劫不复

江山易主，历代富贵荣华

皆是过眼云烟

廉颇已老　相如玉璧佳话

千古流传

荆轲图穷匕见

只身摇晃秦王的铁壁江山

张骞却在历史长河里

过尽千帆

汉武帝雄才大略　西域安澜

长安展开了丝绸之路的巨幅画卷

地中海沿岸
古罗马的使节们衣袂飘然
穿越大漠孤烟

一幕幕的史诗在两个古都
精彩上演

二　河西走廊赞歌

这一路的雪峰　山势峥嵘
匈奴人的毡房曾雄踞焉支山，独霸一方

这一带的山坡　牛羊成群
蒙古人的铁骑曾踏遍荆棘，觊觎中原

这一带的烽燧　狼烟四起
羌戎的魔影和沙尘　遮天蔽日

这一带的荒漠戈壁　驼铃叮当
汉服和胡笳过关斩将，戍边的芦笛吹响

这一带的历史上　血雨腥风
张骞走过，霍去病战过，鏖战的木轮碾过

这一带的和亲路上　昭君出塞
止息兵戈，鸽子和丝绸飞过关外

这一带的边疆　琵琶流亡
西域梵音和石窟　环绕在山岗

这一带的广袤天际　鹰在高翔
鹿奔跑　茶溢香　骏马头颅高扬

这一片的草原　草肥马壮
佛陀护佑着牧民春牧冬猎，世代荣昌

这一片沃野千里，孕育不老的神话
大梦敦煌　霓裳广袖舞天下

三　公主自喻

我是汉朝天子放飞的一只鸽子
背负苍天厚土
把恩遇引渡到天山以外
风沙迷眼，还要穿行人间的乱箭
魂断天涯　我梦枕一支橄榄

我是王公大臣心里盘算的一枚棋子
江山社稷　是摊开的羊皮地图
黑白两道　一念之间
举棋不定时　我随时被握在手边

和亲是一条温柔的路
拯救他们的征战杀伐之苦

至于输赢　那只是茶余饭后的揣度

我是戍边将士射出的一支令箭
河西走廊一度沦为战场
金戈铁马踏平芳草
嘉峪关内外冤魂在西风里奔跑

爱恨情仇在千里沃野争夺
菩萨端坐石窟　不问人间疾苦
鹰鹫和骆驼若皈依　我也放弃执着

我是快马送出的一封汉简文牍
藏着欺诈和贪婪，历史要
红颜安抚牧场
俘获马背上的信仰
谁的城池里没有血和阴谋?

我是历史长河里飘过的一片枫叶
怎么美　也是树的伤痕
世俗的风让我　四处漂泊

世间的每一寸路
都没有我的归途
为了故国的春天
化作泥土
算是替自己的命运做了主
载入史册
也难解心中的苦

我们的金秋
——献给离退休军人

拉开金色的帷帐，排兵布阵的

高粱低眉入场

火红的硕果在枝头合唱

黄河压低了咆哮的嗓音

携带两岸的风景

果腹般地甩着水袖，迈开舞步

银杏树款款登台，盛装谢幕

成熟与收获，这个季节里最

恰当的台词

被植物从幕后搬到舞台

北风吹响冲锋号，秋天昼夜

急行军，说来就来了

秋，有着独特的韵味

秋到弱水河畔，半城芦苇竞风流

七彩丹霞说古话

秋到额济纳，胡杨铁骨铮铮

沙漠里，生命在绝唱

秋到黄河两岸，菊花傲霜凌雪

编织岁月的芬芳贺礼

秋是情痴霜叶、万山红遍、层林尽染

秋是雁寄锦书、瓜果飘香、五谷满仓

秋的丰美，是四季对生命的许诺

哦，不，我要描述的
是军人的秋天：
挥洒的汗水至今仍在
掌心里温热
喊过的口号犹在耳边回响
沸腾的热血在心头激荡
挺拔的身影仍然奔跑在训练场上

军旅是一程山水一生情
一首铿锵的战歌，溢满家国情怀
军人的爱情——
是行军路上的背囊
边防哨所的彩云，野营地的军号
枪林弹雨中不倒的军旗
是两地相思，空对月
家在大江南北

军人的责任——
是进出边关的身影
海防温柔的港湾，车站码头的桌椅和茶碗
深山密林的行踪，千家万户的灯盏
是你床头的半页诗笺
身处万里河山

军人的信仰——

是公园里安详的老者

阳光下戏耍的儿童，林荫道上牵手的情侣

街头巷尾的叫卖

田间地头的犁耙

高原平川的牛羊与花草

是神圣使命所赋予的利刃宝剑

只要人民一声召唤

我们与共和国一起成长

经历过疼痛、灾难与战争

天山策马，南海降龙

一身戎衣战沙场，满腔报国情

我们与民族患难与共

历经创伤、分裂与蜕变

甘为人梯，与国家共存亡

一册山河行万里，心系强国梦

在军营，金戈铁马逞英豪

我们各显神通

平常巷陌里，明枪暗箭现神威

我们智勇双全

危难时期，军人是祖国的铜墙铁壁

和平岁月，军人是民众的坚强后盾

别了，我的军营，我愿把不舍化作温情

抚慰妻儿老小
别了，我的战友，我愿把不散的军心
奉献给父老乡邻

铁打的营盘，流水的兵
军魂不朽
人生的金秋，也是壮美的战场
我们立志站好最后一班岗
回家，圆一个梦，以华发的坚贞
陪爱人岁月静好
退休，兑现未尽的承诺，以父亲的歉疚
护佑儿女一生平安

东风引路，去老区的乡镇——
用爱打开留守老人的心扉
柿子挑灯，去偏僻的村庄——
让来年的山坡披上黄金战袍
慈悲做伴，去贫困山区——
让封闭的寨子舒展紧蹙的眉头
苍松不老，到校园去——
在幼小的心田播种理想与信念
踩着余晖，到养老院去——
让人间大爱长成一株菩提

晚霞夕照，用不老的精神为家乡
勾画似锦的前程
挥毫泼墨，让艺术永葆生命的活力

挺起脊梁，把余生过得多姿多彩

一腔热血洒疆场，青春无悔
荣辱淡定身后名，金秋如玉
踏遍青山人未老，风景这边独好

祖国颂

中国是一位有血性的汉子

秦皇汉武，唐宗宋祖

纸中城邦，戏里京腔

长江的精血，黄河魂

河西走廊是亘古的命脉

长城是挺拔的骨骼

纵横阡陌，割不断的经络

魏晋的风范与气度

五千年文明铸造成高昂的头颅

中国，是一本徐霞客游记

庐山俊秀，泰山巍峨

三江激流，九曲滔浪

天下的粮仓，诗酒文章

丝路春秋，厚蕴敦煌

长河落日，大漠孤烟

昔日，还有遥远的北大荒

古镇，在诗词中辉煌

古都，在时间的长河里动荡

水造的江南，山做的北方

南水北调，治愈了万里河殇

中国是一卷羊皮地图

血色的城池，蚀骨的伤痕

披肝沥胆的疆域

挥刀上马时的铁血丹心

坐拥江山，引领探索秘境的方向

胸怀大同，开拓寰宇一体的视野

中国，是一册沉重的汉简

苏武牧羊，公主和亲

李广戍边，张骞打马走过

历史的风霜

汉家宫阙打开西域之窗

盛唐的霓裳羽衣舞动了朝堂

且回首，看茶马古道

沿途东风浩荡

莫邪剑，偃月刀

南拳北丐，少林武当

烽烟起处，侠骨柔肠

方正的汉字在民族的额头上闪亮

中国是一部交响乐

丝竹管弦，吹拉弹唱谱新韵

编磬芦笙，鼓瑟和鸣又逢春

塞外琵琶，雄关驼铃

梨花带雨，情断肠
长恨一曲，千古诉离殇

高山流水，梅花三弄
平沙落雁鸣，渔舟唱晚晴
汉宫秋月里流淌着不息的清辉

中国是一座文学圣殿
智义的水浒，奇幻的西游
《梦溪笔谈》说百科
四书五经，佛学儒家
道德经里藏玄机
宋词元曲，民谣歌赋
胡同口，《金瓶梅》戏说众生

聊斋讽喻古今
三国歌颂忠诚
还魂丹，断肠草
侠义江湖英雄梦
梦里红楼，银河鹊渡
玉环的肥嫩小手拨动着大唐

中国是一部立体电影
跨国高铁，海底隧道
嫦娥奔月，载人飞船
敦煌的莫高窟，首都的立交桥
不朽的廊檐碑刻，精妙的亭台楼阁

红墙碧瓦的故宫

诉说着历代王朝的兴衰与存亡

乌篷船，石板街

苏杭周庄水上漂

客家土楼，古塔群

丹巴藏寨，小小村落四季景

南国烟雨，祁连雪

风满乾坤，草原燃起火烧云

月亮戴上草帽

走下天庭

迎接赤热的华夏文明

第三辑　芦笛空梦花柳春

你如烟云

令我望眼欲穿

你我之间错过了对的时间

朝露晚霜两不见

一个人的江湖

终于可以放下
青春、热血、理想与使命
卸下平庸的生平
带着伤痕，上路
寻找心中的那一泓清泉
有时，生命只需一个理由
既可扬鞭催马
南下一饮

山丹马、银酒壶、夜光杯
一把青龙碧血剑
跨秦岭，四渡赤水
我沿着红军当年走过的路
翻越大娄山
进遵义，听见美酒河哗哗作响
我洗去一路的风尘
悄悄闪进茅台镇

穿过国酒门，一脚
踏进高粱地，分不清东南西北
我已醉倒在青纱帐里
醉倒在悠长绵柔的历史里
醉倒在酱香味的街市里

醉倒在吴侬软语里

酒香云雾里
我醉倒在一个人的江湖——
左貂蝉，右西施
吟风弄月舞霄汉
桥上戏鱼，水边扶柳
筹光交错夜孤眠
剑入鞘，衣袂飘
黔南烟雨醉英豪
山河如歌，月如弦
梦里轩窗卷珠帘，美酒锁春秋

醉眼蒙眬中，河西走廊的浩荡
烟尘滚滚而来：
烽燧、沙漠、古塔、寺庙
马蹄声哒哒
崖顶一只鹰，追着星辰
赶着雪豹
朔风呼啸，羊群迎着月光走向刀俎
几百年了？——
那盆炉火还热吗？
我翻身上马、吹着箫，于大雪之夜
敲响你的门

爱在左岸，我在右岸

遇到你时，新莲凌波微步，花正艳

岸边杨柳如青衣，飘飘欲仙

你如微风掠过山涧，水潺潺

青山绿水总相连

诗情画意弥漫在岸边

初见你时，诗意缱绻眉间，茶正酽

柔情蜜意肆意去缠绵，风光无限

你若蝴蝶飘落窗前，心陡颤

轻言一诺，回眸一眼

便胜过人间情缘万千

相邀你时，思念如月色蔓延

夜正澜

鹊鸟穿越人间迢迢渡银汉

昨日再现

你如烟云，令我望眼欲穿，雾遮拦

你我之间错过了对的时间

朝露晚霜两不见

告别你时，残阳如血，愁入眼

右岸茶蘼绚烂，左岸乱石芳径难抵岸

欲寻你，无奈白发慕了红颜

尘世纷繁，不相欠怎相见

长夜漫漫，星河路遥远

何日能相见

借一池酒，把忧伤埋葬

谁惹了红尘，让爱意重回眉间心上？
心意迷茫，谁在情感的漩涡里跌宕？
在这个季节，诗意葱茏也彷徨
我的模样难以抵挡岁月的沧桑

我不想追逐曾经的梦乡
只想和你续上前世的念想
不想在你桌前红袖添香
只想去你的窗前卸下红装

或许，人间多了离殇
生命才可以日渐辉煌
我和你的萍水相逢
是否可以让彼此的幸福再次起航？

黑夜是我的情场
哀婉的诉说是我灵魂的供养
那烟花般的情缘是否能够
填补情感的荒凉？
于是，借一池酒，把忧伤埋葬

一炷香的幸福

那一世的风一定轻柔
轻柔得捧不起杨柳的枝条
不然，满地的柳絮
怎么随落花一起飘落沟渠?

那一晚的夜一定清凉
清凉得容不下一颗跳动的心
不然，如此炙热的爱情
怎么会弥漫人间?

那一生的朝拜路一定很长
磨烂了我的肌肤，还让长发散落风中
不然，我无数次的五体投地
都换不来一炷香的幸福?

布达拉宫上空的云
总是随风飘荡
不然，我磕了三万六千五百个响头
也追不上它的荫凉

可怜我一生一世的匍匐
没有触摸到他指尖的温度
跌进怎样的深渊
才可以接近他的灵魂?

遇见

遇见你之前
我不知道，我此生是否
一直在寻找
那颗前世遗落的珠子

想知道，岁月如何把它和磨难
串在一起，又怎样严丝合缝地
绕在我的手腕？

遇见你之后
仿佛一切有了交代
他们本是我皓腕上曾经的光芒

爱如柔水

光阴从指缝间匆匆溜走
只剩下瘦长的日子在消磨
我的容颜
岁月如棕叶一般包裹着我
心酸的过往，欲语泪先流
我穿越红尘靠近你

一个人的坚强，遇你
瞬间化作一腔柔水

清晨的鸟鸣，再怎么嘹亮
已追不回已逝的青春

你在你的世界里驰骋
我在我的世界里忧伤

我不念过往，略去今生
思念被你灼伤，没有人会知道
我是如何抖落尘埃
用尽余力奔向你

一个人的电影

轻纱曼妙，曲缠绵，茶正酽
你情我愿，握手言欢
"梦里不知身是客，一晌贪欢"

树木荫掩，水映蓝天
听鸟鸣，看波光潋滟
眉眼温暖里，一方浅笑嫣然
浓情蜜意，依偎在黄河岸边

后来，秋渐凉，黄叶蹁跹
看万水千山红遍
情殇已成残念
见与不见，爱已难眠
相亲相爱已成电影画面

你的江湖，是我走不进的烟雨江南
平添无数的长夜漫漫

我病卧床榻，回放你眼里的温暖
情与缘只是擦肩而过的牵绊
他们本无缘

自己的台词写了又散，重温了伤感

新的一幕未曾预演
突然有人呼喊"吃药"，天色已晚

哦，死去活来的电影
原来是我一人在导演

不老的神话

带我走吧，去撒哈拉
我们一起听听贝壳里　荷西的咏叹
摸摸沙滩上　三毛的孤单

我用琴声唤醒你的　灵感
你在我的诗里收割　思念

朝迎太阳　晨练海滩
晚携清风　促膝长谈

夏日育莲　为你装点
冬天植梅　保你安暖

虚掩柴扉，卸下刀剑，乖乖被你招安
挥手诚邀三三两两的　蝴蝶做伴

窗前桑麻点点，春尚浅
屋后依旧长河落日，大漠孤烟

你笔下的英雄打马路过敦煌
偶遇飞天女仙
她隔着太远的人间，浅笑嫣然

驼铃声声将历史驮到眼前
不老的神话穿越丝路花雨，赤足行走于沙滩

风轻云淡　提灯夜访月牙泉边
犹抱琵琶　我草木一样安然

也煮茶　烧饭　满面尘烟
也吟诗　颂歌　饮酒缠绵

偶尔，装一只迷途的羔羊
浅卧在你的帐篷外，被你撞见

就这样悄悄地　打发流年
如一滴水永远藏在　你的心田

葡萄的升华

走过汉唐

走过西域、《史记》、吐鲁番

走过枝头的战栗

走过绿的日子，紫的芳华

走过柳之春，荷之夏

穿越尘世的沙尘

携带一缕清风明月

怀抱鸟鸣、阳光、汗水

怀抱一双蝶翅上的露珠与希冀

怀抱一腔晶莹的相思

告别前世的纠结

告别黄河南岸的一川烟雨

告别盈盈目光和

田野的风

遇见木桶、晶体、玲珑心、霹雳手

邂逅气泡与分子的碰撞

沉浮中，褪去脸颊的红与身上的泥土

在世界的一个角落

酝酿一腔春水

酝酿血肉模糊后的甜蜜

粉身碎骨
融进你的血液
最终，是为了贴近你的胸口
感知你的心跳

只要我活着
——写在 2020 年的情人节

只要我活着

我会找出上千种理由

书写理想的爱情

为生命的偶然

长夜、寒冷、孤独

为重燃激情

为春风里化为灰烬的魂魄

为创造生命的那一次

最神奇的碰撞

只要我活着

我会写下无数的诗章，歌颂爱情

为光阴亏欠的那些美好时刻

为思念、泪水、距离

为节日到来时的绵绵情意

为凋零或衰亡

为这个二月里，被瘟疫围困的人类

只要我活着

我会用全部的力量

呵护世俗的爱情

为生存、灾难、伤痛

为隔离、封闭、禁足牢笼的红尘男女
为剃发、逆行、披甲上阵的白衣天使
为今夜所有值守门户的有情人

只要我活着
我会上万次描摹
与心中爱神会面的情景
为灵魂、诗歌、心跳
为青春期藏在心里的偶像
为意识最洁净的萌动
为牵手或擦肩而过
为阴霾消散后能一睹真容

在无垠的宇宙里
穿越千山万水
为这世间所有意外中最渺小
却又最为浪漫的那一幕——遇见

夜未央

三月，和煦的阳光唤醒了桃花的春天
于是，心事窦开，笑颜初绽
年少的你悠悠然飘落心间
夜未央，蹚一次爱情的河流又何妨？

我曾写给你的信你可收藏？
看到我的照片你是否也感到心慌？
错过了我，你是否一生也感到迷茫？

似水流年，谢了桃花，绿了芭蕉
早也潇潇，晚也潇潇
巴山夜雨的彼岸
是我一生无法到达的客栈

人生若有桃花烂漫
你可愿意和我一起等待
西窗的红烛盛开？

桃花不懂菊的离殇
匆匆错过的何止是青春年少？

合掌莲

凄凄地长满池塘
装点盛夏的寂寞
其实，挤得越满
越孤独
怎么才能独善其身?
淤泥下的清白需要
多久才能展示与人?
不如睡莲
独霸一方

三只眼的儿子

承祖荫，易得意外之力相助

诸事兴隆且寿长

异性运交，趋好

忌吹嘘，忌洋洋得意

对不同性格的人应保持警觉

以免率性遭妒忌

恋爱中的人，忌为鸡毛蒜皮而争吵

以期好事成双

本命年的人秋有波折，谨防小人陷害

财运不得利，忌游泳、运动

忌不吃晚饭。梦见眼睛

意味着内心喜悦

好在，一切幸与不幸——

一场梦而已

好在，我还来得及

着一袭白衣，在太阳未升起

之前去正东方，寻找我的桃花源

顺手觅得一只开运苦瓜

好在同一天，全球 2450 人

跟我做了同样的梦

梦见自己的孩子长三只眼

儿子用三只眼看世界

国际大都市、数字建筑的未来

异国的蓝图、气象万千的早晨

无限种可能……

我担心地捋捋他

额前的卷发——

遮住右侧太阳穴处的第三只眼

劝诫道：现在的女孩，挑剔

不可与众不同

手心里的雪

一

净　轻　空灵
掂量脑海里所有的词
太沉
一不小心会碰坏你
细碎的身形

禅，只有禅
配得上你的缥缈
冥冥中来，冥冥中去

有痕无迹
谁也握不住你的魂魄

二

你在眼前
却不敢靠近
捧在手心里
太热，你会无影无踪
那是我该有的痛?

苍莽阡陌
必有傲骨凌霜
那不是我

暗香浮动
月黄昏
我还是想靠近你
所以，你转身时——
我满脸绯红

三

儿子曾是我
手心里的雪
小心翼翼地捧着
供奉着他的琐碎，我的希望
——事无巨细

南国的雨巷
撑着油纸伞的姑娘
他向往被雨淋湿的异乡

没有雪
那是冬的痛，他不懂

从江南的水到肃北的雪
有多远？

心在丈量

从雪到水——在手心里
融化该有多快？

四

北风　羊群　寒鸦
孤坟
我的乡愁里有
雪——
雪落黄河
山舞银蛇　原驰蜡象

这代人的记忆里还有什么？
芳华已逝
陌生的人群里
寻找变调的乡音？

儿子的乡愁里
可有父母鬓间的霜雪？

五

我是母亲掌心里四朵
雪花中的一朵
长长的岁月里

她可有无数次阳光般的失落？

她不曾说过
她希望自己一直精神
多好　雪一样消失更好
来有因，去无影

母亲的字典里
只有温饱，没有诗和远方

我对儿子说，我有
伴你飞翔，在世间的风光里徜徉

不曾想
怀揣一个温暖的念头
也会受伤

六

母爱像阳光
对于雪的存亡
此消彼长

轮到我
迷茫，眺望
苍茫中找不到方向
天涯明月，何时将心灯点亮？

雪刚落下时

一切都很美好

它，只向阳光低头

落在手心里的雪啊

怎样的温度才能留住？

第四辑　叶落他乡梅如故

我的喜怒哀乐在梨树上

反复辗转

思念，有上万种孤单

花间巢

一

我在守望

渐行渐远的青春和背影

越来越空旷的田野

草在肆虐　无遮无拦的风让我的巢

摇摇欲坠

无枝可依的邻居们

慌张地　四处寻找新的树林

两岸的城市已背信弃义

迟醒的鸟，追不上南来北往的风

万家灯火是夜的景致

何处栖身？

我若离去

孤独定会蔓延在羊群

村庄的喜讯是否断了传承？

二

黄河一如既往地流淌

尘世的风喋喋不休地吹过我的身旁

又一季的春暖花开
修复了旧日的创伤

城市在膨胀
树诉说着离殇
借一身袈裟
可否躲避扑面而来的欲望

我在寻找梨花的洁白云裳
可是，谁来挽救越来越瘦的村庄

三

弃暗投明的你
是否留意一棵受伤的树
人间的别离
是否花开时早已选好了路

为什么蝴蝶双飞
风雨彻夜敲我的门扉
白云掠过头顶，带走阳光的抚慰

表哥衣锦而归
你的背影，一次次被揉碎在梦里

我怀揣无数的鸟鸣、花香和云朵
晚霞羞红了脸，躲闪着诱惑

告诉我，异乡的傍晚
是否有妙龄女子从灯下走过？

四

夏天，院落里欢乐繁多
燕子一家把轻巧的身影留在
各个角落
我站在树枝上
目送大雁飞向南方

舍不下梨园之家
恰如蜜蜂舍不下花香
独守满园芬芳
我无端替燕子忧伤

变了模样的庭院
明年，他们何处去找旧日的屋檐？

五

云在高空　掠过
没有为谁停留　片刻

黄河一如既往　流过
等你的日子从指缝间　悄悄滑过

我看见你的父母在低处劳作
可是，你和许多人一样，只是仰头走过

美丽的诱惑从我面前闪过、错过
我独爱家乡那一幕烟火

年华在无数念你的夜晚蹉跎
我总是等不到人间的某种巧合

六

你沉浸在自己的　江山
听不见清晨的鸟鸣里夹着　我的呼唤

我的挂念越过了河，却翻不过高山
夜幕下的归途，灯火已阑珊

我唯有收拢翅膀不让风　折断
守望的日子　年复一年

我的喜怒哀乐在梨树上　辗转
思念　有上万种孤单

寂静的村庄

一　寂静的村庄

平坦的水泥路泛着青光
村庄布满秋霜
衰落的叶子找不到归宿
在风中飘荡
果园里，荒草没膝
无人修剪的树
被过路的风和成串的果实
压伤了腰

院墙外，芳草萋萋
一条牧羊犬，仰着头
守望着寥落的秋

院子不空
一把轮椅，一位白发老人
数只蜜蜂，几缕清风
有只麻雀落在苹果树上
夕阳托着它
双翅的悲喜，对抗着辽阔的天空

被翅膀划伤的天空——

伤痕烙在彼此的眼睛里

二　牧羊大哥

黄土岭一片葱绿
清风盈袖，扰乱秋雨的思绪
草百折不挠
喜鹊吟诵生命的信仰
绵羊一遍遍阅览山川的情怀

牧羊大哥的话在山谷回荡：
花开有籽，日落有霞
我，愧对庄稼
风寒入骨，岁月的帷幕即将落下
他的头再次低下

他说话的时候
鸿雁飞过，天边留下划痕
谁的羽翼上抖落几声悲鸣？
昨天是古尔邦节
一腔心事，了却——
透心的叹息，激起一片涟漪

故乡千里霜白
唯愿，所有的寒流躲在暖阳身后

北风掠过

田边的野菊花兀自盛开

对坐的光阴里

盛满了清贫和孤寂

原来不懂，这个季节万物各怀心事

三　风吹草动的秋天

蓝天经不住秋的诱惑

怀抱琵琶

连续几天，把银河的水弹落

打湿了半壁江山

山川顿时妩媚起来

风轻柔，山润朗

灌木和野花挤满山坡

童年的野趣翻着跟斗下了山——

叫停街市的脚步

我的红尘不在眼前

暗伤半遮半掩

不如卸甲顶笠，放马归山

不如出城放歌，舞袖撒欢

让夭折的念头发芽

把野菜和云朵采回家

风吹草动的秋天
有些收获妙不可言

四　我的老乡

人群中，我一眼认出了你——
我的老乡，被麦芒划伤的面庞
刻满了岁月的沧桑

你也曾彷徨——
把五谷搬出了仓
把锄头交给了旧时光
把家禽和狗留在打麦场
把背影留给了童年的梦乡

轮回的四季，无视你的惊慌
远去的村庄，拒绝你衣锦还乡
暧昧的窗口，模糊了如水的月光

聚散在心间反复掂量
喊一声爹娘，透着多少苍凉？

转头，诸事渺茫
异乡的出租房，炊烟也在逃亡

五　嫂子的幸福

比如今夜　你一个人
睡在陌生的房间　听着
东家在卧室里声声叹息
你伺候的这位老人，也和你一样
骨肉分离
你得藏起心酸——把温情端上来

比如这个中秋
月圆家不圆　西藏的明月
清辉，抚慰你不眠的儿子
寒衣遮不住相思
秋风推门　惊醒了
一地月光　你入梦已深

比如这个雨季　想必
老家的院里　台阶上
布满青苔　花园里杂草丛生
一只老年的猫
一条怀孕的狗
一棵枣树累弯了腰
借宿的喜鹊——
替你唤醒慵懒的太阳

比如，三年前的这个九月
我们捧一抔黄土

送走大哥

你告别苍老的目光

锁上记忆的大门，只身前往

省城的车站

幸好，你热爱生活

能把生涩的日子煮熟

再比如，腊月的年饭

总在岁末的最后一天飘香

老院的红灯笼

在除夕的屋檐下点亮

你，擦拭着照片上的灰尘

静候暮色中穿越而来的相聚时光

嫂子，你的幸福

我必须慢慢说——

我之所以一步一回头

一

我之所以一步一回头
是因为你梨花带雨的忧愁
还有我数不尽的担忧

我之所以不忍心挥手
是因为不知道你碾落尘泥后
魂归何处?
怕你伤感我梨花满头

我之所以无语凝噎
因为怕喧嚣过后,你的孤苦
无处寄托
也怕漫卷云天的诱惑篡改
我的承诺

我之所以转身就走
因为炊烟正逃亡在山的那头

二

古镇是白色的

有人早已替我封住了风的出口
空气也是甜的
此时，我可以和心爱的人
在花下漫步
踩着松软的土　感觉对方的心跳

陪一朵梨花，一树梨花
望断天涯
从晨曦坐到日暮，沐浴着晚霞
幸福如菩提开花

我不急于离开，树上挂满了
未开的蓓蕾，那是我旧年的心语

盛大而慎重的每一次开花
都是我在　袒露自己
所有人　都急于想掀开我
如雪的面纱

三

我软弱的部分　从不示人
却坦然 在你面前泄露
你眼里的我是如此浅陋

这些软弱，驱使我远离穷乡僻壤
一些梨树背井离乡

乌鸦俏立坟场

不是梨花　是柳上眉梢
让包裹的内心裸露
默然，向已老的青春挥手

我软弱的部分　就这样
恰如其分　在喧嚣过后的暗夜里
渐入佳境

我承认　不是梨花
是我　不合时宜地
在曲终人散时　绽放了一朵
春天迟迟未开的花

四

惊蛰的时候
我蠢蠢欲动
要知道，蛰伏了一个冬天的欲望
等不及春风的叩问

满眼是诱惑，无法拒绝
扑面而来的桃红柳绿

梨花洁净的容颜
让我心为之一动

投身而入　在它坐果的时候

五

从此，我经营着密不透风的家
不问酷暑严寒
逐渐温润饱满
练就了一身的温厚

我陪它一路走过，从青涩到成熟
吞吐着它所有的秘密

果核坚硬的时候
空间变得狭小
可往事填满了胸脯
岁月的细节　也堵住了出口
我不知如何得体退出？

惊叫声里，一条抛物线——
我一生的执念　被扔进了草丛

虫子的困惑，母亲们心照不宣

六

我愿意在黄河里升腾
不愿在泥沙中穿行

我愿意伴着晨曦提早醒来
也不愿在细浪里沉醉

蹚过小三峡的巨浪
跨过铁索桥的前生后世
我愿意在大江大浪中——脱胎换骨

浪花挽起我——
在崖壁上割袍断腕
远离家乡的渔舟唱晚

古槐在叹息
梨树倒地时，呻吟
我不管不顾
以为自己在弃暗投明

直到有一天
我被一个看风景的人
打捞，又随手抛弃
湿漉漉的心被晾晒在沙滩上

恰如背井离乡的少年
多年后发现：乡愁无处安放

秋之殇

一

不期而至的你，如翩翩少女
轻盈地飘落人间
挥一挥手，看千山万水红遍
杨柳披上鹅黄的衣衫
大雁飞过，叫碎了我的空间
来不及换上成熟的媚眼

土地如渴望爱情的笑脸
热吻着你的温情
秋风萧瑟，秋韵哀怨
你入梦沾湿了谁的衣襟，让爱无眠？

我携一袖婉约宋词邀你相伴
沉醉在你的乳香里，让诗分娩

二

一声雁啼一叶秋
一场秋风万人愁
秋天的雨巷，悠长
落寞已洒满在青石板上

撑着油纸伞的姑娘
走过了多少岁月的苍凉？

一夕眷恋，告别了前世的守望
错过了花开的光阴
别离不过是刹那间的彷徨

"已觉秋窗不久，那堪秋雨助凄凉"
皇天厚土接纳了一夜秋风的放荡
相见时已发落秋霜
欲语，泪已两行
执手相望，感叹四季的来来往往

秋渐凉，尘世亦悲怆
辜负了彼此的绽放
流落在地的灵魂何处安放？

三

春天的每一场花事
总会偶遇一次粉红的心情
然后，年少轻狂
让爱恣意在岸边成长

夏日里的每一次相逢
总会寄托一次电闪雷鸣的热恋
然后，燃烧对方

让青春像诗一样飞扬

冬雪中的每一次酝酿
也会生命轮回的升华
然后，荡尽尘埃
让爱在寒冬里温暖回放

只有秋霜
除了染白我的两鬓
还让菊花也怀揣离殇
所有五彩缤纷的生命都挥别了
一生的守望
一地忧伤，梦也落了霜

失火的天堂
——有感于九合镇丹霞地貌

一

纵横阡陌

我是最后的风景

亿万年的雷霆

毁坏肉身

却毁不灭我心头的火焰

我敞开火红的胸膛

拥抱太阳

晾晒农耕路上的

疲惫与匆忙

晨曦，朗月

深院，犬吠

文明绝尘而去

我吞下诺言和背叛

独守黄昏

晚霞见证我的赤胆忠心

二

我的胸膛在燃烧
你的眼睛在燃烧

燃烧的文字
却无法抵达我滚烫的孤寂

你回眸一眼
惊扰了空山寂语——

巍峨的身躯
我就是不朽的诗章

像父亲的脊背
挑着生活的重担

像老乡裸露的臂膀
扛起生锈的锄头
——叩问苍穹

遗世的风骨，为失落的村庄
高举不倒的牌坊

三

山伟岸

水枯瘦

依然是毛驴
依然是布满老茧的手——北方汉子

依然是伏羲
赤足感受着农耕之苦

依然是那条路，那座屋
迎接衣锦还乡的你，或者落魄的他

要么，接纳你无处安放的乡愁
田野里，凄凄荒草
与我一起，陪伴祖辈不灭的灵魂

四

我听见了远古的呼唤
秋风恶，绿草薄
牛羊也怕荒冢

遍野苦蒿
不屈的白杨，情殇
斑驳的心事外露

都市的失意
异乡的叹息

天下苍生，我红着脸
倾听他们的悲喜

五

我是沙漠的骆驼
拉车的马骡

丢失的羔羊
劳作的故人

是雄鸡高唱黎明的赞歌
是藏龙，卧虎

人们把美好的比喻，都献给我
而把自己的秘密藏在——滴血的隘口

六

一代人晒干一代人的汗水
一代人踩着一代人的背影

脚下越来越多的坟丘
载不动你沉甸甸的乡愁

臃肿的城市

让我活在你的镜头里

世界走向了大同
血淋淋的石头
捂不住庄稼地的伤口

夕阳趺迦而坐
把空空的月亮，留在了村头

七

人类踩着我的胸口
把欲望高举到太空

我陪着村庄醒来
又陪着它沉沉睡去

守着那一缕炊烟
一抹桃红柳绿

山河如此辽阔
却藏不住我受伤的胸膛

走过路过的人啊
别践踏我的一片丹心

八

山是雄性的
水是雌性的
水绕山而行天下
所以，山有棱，水无痕

男人说：我是利刃，是战车
是征服和占有

是他的宫殿，他的城堡
他的王国

是刀光剑影，十面埋伏
是所有能够称霸天下的
雄性荷尔蒙

女人说：我是神
是地球的脊梁
是擎天柱
是她可以依靠的后盾

懂我的说：我是无字碑
是失火的天堂

近乡情更怯

——母亲节献礼

一

婆婆提着两个月亮回家了
一个，不小心掉进水缸
无数个月亮被惊醒，绕过屋檐、窗棂
闯进屋子
一个挂在树梢上
新发的枝丫划破天空
披上银甲的院子，突然间陌生得
像个客人

燕子空巢
台阶上鸟粪如垒
叽叽喳喳的麻雀在屋檐下
打情骂俏
找不到雨的脚踪
不知名的杂草却绊着脚踝
早生华发的蒲公英
仰慕着高处的桃红、梨白
杏花已榭
青涩的小杏子挨挨挤挤
好像邻居家新出生的孩子

害羞地挤在大门外

我们提着水桶、扫帚
把惊起的尘埃与故事统统
打扫一遍

这是第四年了
清明节以后，婆婆腋下生风
拍着骨质疏松的翅膀，燕子一样
急切地飞回故乡

二

必须对树表示点什么
你看，院落里那株参天的香椿树
身壮枝粗，浓荫如盖
跨过巷道，把臂膀伸到了人家的屋顶
"手也伸得太长了"其他树说
不仅把香味塞进人家的后窗户
还占据了半壁江山
每个角落都有它的孝子贤孙

四月，梨花出阁
香椿芽急急地冒出头
撑着花轿，蹦蹦跳跳入了你的眼
压抑不住的青春
爱，萌芽的状态，味道最好

杏花醉酒，桃花痴情
香椿却把一生的夙愿
押给琐碎的日子
我相信，它的选择必有深意

邻居家的媳妇不喜它的热情
她头疼，烈日炎炎下
捂着肚子来告状
你家的香椿太霸道
味道太冲……
婆婆窃笑：
谁让你家翻盖新房的时候
把院墙往后挪了二尺多呢？
"叫你家社长砍了它吧"
她提着声说

三

人间处处是道场
老院子也是。万物都在修行
水渡草木，情渡人
花鸟虫草，各安其命
爱从心，孝从德

世间隐情皆相同
恩宠与偏袒，取舍与断离

始于因，终于果
母爱完美与否
众生欠它三世的恩

总有一片痴情的叶子
在繁花似锦的时候
选择隐退
爱，越接近真相，越不忍说穿

四

世间的母亲都是菩萨
提着皲裂的泥脚，携一家老小
蹚命运之河

她们采光、敛月、追星辰
捡拾幸福，把一身艳骨交付江湖
苦难修成慈悲。对于扑面而来
的运势，寸心相许
一梦华胥，终成空

喜鹊飞走了
蜘蛛吃肥了，昆虫把
空空的壳挂于蛛网——风的箜篌
时光吹着口哨，走村串巷
月亮摔倒在历史的十字路口
一条蜥蜴，搬起石头砸自己的脚

五

只要不看白发
只要不提夜晚的孤寂
只要不诉苦涩
只要不谈心中的沟壑
走吧，心已归家
只要身后还有人栽花

乡音稀少不算什么
只需看一眼，了然于心
苍老的面孔不算什么
点头问候，足矣
枕边的凉风街坊情
刚摘的菜蔬，透着泥土的香

生命是自由的尘沙
任凭风吹雨打

就这样老去
不诉沧桑，不说离愁
坐看云卷云舒
卧听虫叫鸟鸣

风吹过，雨湿山川
花草醉了眉眼
我牵着大红马，消失在雨雾深处

不期然，活成自己的传奇

六

城里的狮子大张口
吞咽了婆婆的惬意时光
只是因为被需要
她才置身于车水马龙
她的包裹一直放在儿子
衣柜的角落里
她把自己在城里寄养了二十年
幸福的钥匙丢失在来去
城乡的路上

命运多么相似
和哲言所说的一样
从哪里来，到哪里去——
我们的人生始于乡土
又归于乡土

杂草疯长，楼群也疯长
疯跑的世界把魂魄丢在路上

风尘落满肩头，她
领着蹒跚的自己回到曾经的家

七

有趣的日子续着多好

拔野菜、摘果子、种菜、侍弄园子

八十一岁的老人

把旧衣拆了

缝制成门帘、窗帘、沙发坐垫

不服老的家，焕然一新

谁不说姜是老的辣？

有一点，谁也不愿说破：

她喜欢吃柴火烧的饭菜

煤气灶危险，电磁炉里不见烟火

在婆婆眼里——

"屋顶上升起炊烟

比升国旗还庄严呢"

八

熟稔医术的婆婆

从前是一个赤脚医生

她惠及的乡亲们遍及附近的村庄

燕子归巢时，总有人送来

春天的葱韭、夏天的青菜、瓜果

窖藏的萝卜和白菜

乡亲们不时地来串门

说说庄稼、叹气，或者默坐一会儿

不坐小凳，坐台阶
临走拍拍土，说一句
明天到我家来吃饭吧

乡里人的饭菜简单
小葱拌豆腐，土豆炖粉条
素面一碗，辣椒一勺
寡淡的汤水里却有浓厚的亲情

不是老人爱吃大锅饭
她是在重温回不去的桑田之乐

疾走的日子不等她
乡里的炊烟 ——等她

九

走得再远、再高
一朵故乡的云会把你堵在村口
窗外的一缕阳光
新婚的那一杯红酒
"鸡兔同笼"的美味佳肴
黄昏时的晚霞、鸡叫、风吹杨柳

五月的金银花
曾爬满梦中的篱笆
无辜的月季

把魂挂在谁的窗纱？
我掉在井里的青苹果
月亮一样，至今无法打捞

初为人母的酸楚
疾病缠身时的冷雨
徘徊在生死线上的黑夜
逃离时的决绝

荆棘丛生的路上
扎得最深最疼的还是
那根财大气粗的刺

拥抱优于过去的自己
我愿意记住美好的那一部分

十

经不起推敲的剧本
没有我的一句台词
秋风已收回利刃，退到幕后
隆重的表演即将谢幕
暖意压不住寒凉
一盏灯，光已杳然，就那么悬着

假如记忆可以粉碎
我就可以躲过生活的旋涡

踏浪而歌
怎奈一腔的沙粒与瘀伤
已化为舍利
它们先于我得道成仙

十一

杏花的舞会已毕
出阁的梨花，梦中洒泪
荒芜的季节是春天的内伤
枣树落满星辰
花椒揉着发红的眼睛
桑树颠的喜鹊，空巢里看云

盼雨的月季，神伤
牡丹混迹于荒草
葡萄悄悄牵着我的衣袖
衰老的苹果树，无力挽留
香椿是得道的高僧，挥一挥禅杖
一院春秋

春风到此逡巡一次
我的伤感就加深一层
"已识乾坤大，犹怜草木青"

十二

空旷的院落

装满了三代人的回忆

清晨的鸟鸣，黄昏的炊烟

我初为人母的酸楚与甜蜜

孩子们嬉笑的童年

苦乐相间的日子里

我常常灵魂出窍

把自己化作乡间的一只小鸟

满身伤痕的村庄

崛起在父辈的脊梁

泥泞中行走。一梦方醒

又沦落于时代的车轮

骨瘦如柴的老院

一地落英，一腔纠结

一个孤独的身影立在风中

风不言愁，我怎言秋？

汨罗江遗韵

一

演绎诸多，故事却不长

伍子胥忠良、曹娥善孝

历史挥一挥手

屈原站在五月的风口

本可以随波逐流

和尚敲钟

本可以吃俸禄、挂闲职

妻儿老小、安逸终老

本可以楚辞歌赋、扬名千古

至少是一个慈祥的老翁

无奈，局势峥嵘的春秋战国

楚怀王听谗言、拒忠臣

亡国、灭族

让忠魂流落他乡

满腔的爱国情

淹没于世俗的污流秽语

屈子抱石，投江

一石激起千层浪

汨罗江畔

峭立的傲骨成为后世的灯塔

二

端午节很沉，也很轻
如果文化传承是一根红丝线
历史，就是另一头的风筝
拉一拉就近了
桌上的雄黄酒、午时茶
灶台上的粽子、打糕、五毒饼
门楣上的艾草、菖蒲
香雾中缭绕的合家欢

牵着纸鸢奔跑的幼童
手腕的五彩线，脚上的绣花鞋
脊背上的香囊、荷包及
身后的万千宠爱

有味道、有色彩、有形象
的端午，活跃在你我的生命里

三

一定有无数个夜晚醒着
无眠者摩拳擦掌
一定有一些期待放在心口
等待端午的红布挂上船头
一定有人提前点燃龙灯、香烛
祈福、纳财、驱瘟、许个好兆头

一定有人振臂高呼

舞旗、敲鼓，欢呼声四起

赤膊上阵的舵手们

让长江沸腾，龙舟竞发

一定有同一的图腾

是古老的信仰

一定有相同的精神

是民族的性格

一定有一脉相承的血脉

骨脉、山脉、水脉

同属于一条龙脉

四

喜逢小长假

远行的心潮涌动

趁着人们忙于采药、制茶、斗草

舞龙灯、配香囊、驱瘟疫、龙舟竞渡

长城外，古道边

我备好一匹骏马

踩着"楚辞"的节拍

吟《天问》、诵《离骚》、唱《九歌》

再温一壶酒，独饮

写下一串无用的断句

然后，扬鞭催马，萧然远行

爱莲记

一

爱莲，读文解字不够

画在纸上，不够

裱在墙上

还不够。绣在抱枕上

抱着入眠，仍感到缺憾

买些莲子吧——

我的爱让它们翻山越岭

昼夜兼行

种子来自岭南，黝黑质朴

一小包泥土也是

生根粉闪着莹莹的绿光

二

四月泡种，六月——恰好莲开

伺服它们发芽、生根

每一粒种子，不枝不蔓

只长一根茎

顶端是卷曲的、含而未绽的荷叶

青荷浮绿水，何日芙蓉开？

换水、施肥、晒太阳

盼望着芳香扑鼻、姹紫嫣红
并有蜻蜓飞上头

准备精致的花盆
椭圆形，淡绿色
像极了一个小小的池塘
入土、置水
且等莲花仙子凌波微步

三

五月，细雨绵绵
太阳躲进云层
荷叶躬身于水面，似蜗牛的触角
不明真相的根
死在陌生的环境里
出淤泥而不染的花，终究未开
如我喜爱的蝴蝶
安静地风干在书页里

无缘的莲
香魂已入土
托一个来世的梦
寄托我纤尘不染的爱恋

月圆之夜，我总会听到您的跫音

总想给您写封信
表达我一生未说出口的感激
我担心天堂里的雨太大
淋湿文字里的拳拳之情
或轻或重的文字
挑选了一辈子
最后还是轻了纸张
重了忧伤

总想献您一束花
供奉我捧在掌心里的亲情
一路走来，还是走丢了许多亲人
无根的茎叶怎么种植在你
门前生长的经纬？
或黄或白的花
最后都成为缤纷落英
冷落了春秋，辜负了花季

总想给您唱首歌
炫耀我受之于你的无瑕生命
无奈乡音太浓太重
总也找不到可以匹配的乐曲
圆我一次中秋的梦

或急或缓的节奏中

每到月圆之夜，父亲

我总会听到您踩在田埂上的跫音

嗨！这热气腾腾的人间

揉进月光

揉进后半夜的星辰

揉进四月梨花和

腊月雪

揉进 365 天里早起晚睡的疲惫

揉进 28 层蒸笼的大胃口

及居高不下的房价

揉进锅碗瓢盆交响曲

揉进爱与期盼

揉进老少皆宜的口碑

磨去麸皮和棱角

却怎么也磨不平命运的裂缝

父亲磨过的镰刀

已生锈，麦芒擦伤的面庞已老去

窃窃低语的家乡话里

夹杂着泥土的芬芳

草木的清香

千里之外的牵挂

被揉进面团一夜夜发酵，渐白渐软

尘世的纷扰

在手心里揉捏，日子每天发烫

租来的铺面刚睡去
未及做梦，早于鸟鸣
的炉火，已经在缭绕的
气雾中苏醒，氤氲的麦香味中
弥漫着越来越缥缈的梦想

被碱水泡过的情话
被岁月熬红的眼睛，被小屋
囚禁的青春
被高楼挤压的乡愁
统统交付于这陌生城市里
东拼西凑的生活

拼一口气
为头顶那一片瓦
为名下那落脚之地

嗨！这热气腾腾的人间
攻下乡村无数的山头
正张着大口，吞噬着乡村鲜嫩的乳房

雪

午夜，缱绻思虑涌上心头

慢性子的你，为何总是盘旋

在天的那一边，不肯越过黄河

北京、新疆、甘南、西固、榆中

凄美的松花江畔，迷离的徽派小镇

朋友们享受你带去的祥瑞

唯独我，看不到你缥缈的身影

花神刚要睁眼

你却把人们心头的期盼

悄悄压在她的头顶，太过惊讶

我未敢落脚，决定留一片空白给迟醒的人

卖菜的老乡哈着气

跺着脚，站在白茫茫的路口惶恐无措

他的眉梢、唇角、鬓发边

全是你昨夜赠予的，无用的珍珠

满园落英，一地惆怅

第五辑　梨花之殇

题记：什川镇，世界第一古梨园，甘肃省兰州市的旅游景点之一。这里的梨园面积大，树龄长，历经六百多年的梨树仍生生不息，养育着一代又一代的黄河儿女，被誉为西北地区的"塞上江南"，黄河北岸的奇景之一。近年来，由于梨园失去了它的经济价值而遭到人为的破坏。转型时期，保护古梨园的生态已迫在眉睫。我们不能袖手旁观，做时代的千古罪人。

梨花之殇

孩子们在纠结要不要明天
赴一场梨花盛会
我忙着翻阅你的诗与传说
怕明天之后，他们
只能在书里闻你的花香

有一句直击心扉
"寂寞空庭春欲晚，梨花满地不开门。"
敢开门吗？
许多刀斧手就藏在门后
砍了你的身
还想绝了你百年的根
我撞见你裸露在街头巷尾的心
喜鹊也急急地寻找新家

梨花短暂的一生
人人都想借她一程
无奈，落英缤纷
冷落了愿望
伤心事也堆成了冢

满目疮痍，何处是归宿？
不如，我执花锄

成全你与皇天厚土

媚眼期盼

来年你如西瓜豆苗一般

开遍黄河岸边

我的愿望其实很简单

我不要果农们失去土地后
独自疗伤
我不要卧佛诉说沧桑
我不要黄河奇侠成为落日霞光
我只要云裁衣裳月做伴郎

我不要古校场的金戈铁马
在水面划破残阳
我不要混凝土的红墙碧瓦
在岸边上演时尚
我不要魏氏祠堂能够福荫四方
我只要梨家院里子孙满堂

我不要大名寺的晨钟暮鼓
祈祷我的前世今生
我不要仿古的茶园厢房
收容我的思乡游魂
我只要万亩梨树和我相互依傍

我不要铁桥背已成弓假装坚强
我不要码头汽笛成为空谷回响
我不要树王树后凝望成霜
我不要梨园鼓子戏成为世纪绝唱

我不要黄河之上的
画舫孤独无双
我不要骆驼石沉冤河床
我不要攀爬的岩羊触动鲁班的忧伤

我的愿望其实很简单
我只要河边的一缕炊烟
还有一座院落
我只要母亲能晒的一米阳光

还有一只蝴蝶
抚慰她的一脸风霜

昨夜星辰，今夜雨

——写给中国农民第一桥

不论繁华或是低迷

就在这里

我撑起了古栈道的肩膀

我挺起了黄河两岸的脊梁

无论昨天或是今天

就在这里

我见证了手推车的匆忙

我目睹了几代人的背井离乡

无论初春或是严冬

就在这里

我经历了果农的悲欢离合

我品尝了软儿梨的冰霜雨雪

无论潮起或是潮落

就在这里

我拱起了车水马龙

我冷落了晨钟暮鼓

无论青春或是迟暮

就在这里

我诉说着小峡电站的前世今生
我体验着新型码头的荣辱进退

无论春种或是秋收
就在这里
我迷恋过桃花的一世凄美
我沉醉于梨花的一川烟雨

无论过去或是将来
就在这里
我坐看云卷云舒
静听涛声依旧

昨夜星辰，今夜雨
一路风尘，一路情
一泻黄河，万里川
一架铁桥，水云间

我梨花带雨去寻你

我走过黑暗，却走不出黎明

我走过晴天，却走不出雨季

我翻过高山，却走不出峡谷

我越过黄河，却走不出梨园

我走过远方的路，却走不出脚下的土地

我走过沧桑，却走不出辉煌

我走过泥沼，却走不出守望

我走过原野，却走不出炊烟

我走过历史，却走不过今天

我走过千山万水，却走不出你的眼

我梨花带雨去寻你

却发现你就住在我心里

有个石碑这样说
——写给什川魏氏始祖墓

有个石碑就这样诉说
明朝的风
今夜的梨花落雨
十字街头，红尘滚滚

有个石碑就这样倾听
六百年槐树绝恋孤独
五福亭已改旧日芳容
谁人知道你
曾经匍匐在地的疼痛

有个石碑就这样观望
寂寞的新码头　闲看潮起潮落
弯腰的铁索桥　背起车水马龙

有个石碑就这样盼望
古校场的金戈铁马
荡平钢筋混凝土
瓜分的场面如同落花流水

有个石碑就这样期待
佛光普照，黑暗遁形

大明寺的月亮，一头扎进水里
水哗哗作响

我告别了繁华
卸下了盔甲
穿越了五百年来寻您
却听见您在哭泣，河水也呜咽
我拿什么向您供奉，我的祖先

什川，黄河的掌上明珠

都说黄河是慈祥的母亲
我看她更像一个女汉子
左臂弯挎着什川，右手搂着泥湾
万亩梨园，一家独揽

看她身后的奇石和高山
多像什川的壮汉列队北岸
要说慈母情怀，什川才是她的掌上明珠

你看什川的桃红梨白，莺歌燕舞
红墙碧瓦，小桥流水人家
就知道，她独享母亲的阳光雨露

小峡电站是她青春勃发的心脏
魏家祠堂是她永远的娘家怀抱
她展眉一笑，不老的容颜
让多少人魂牵梦绕？

信步街头，铁索吊桥沧桑质朴
老骥伏枥，百年梨树虬枝盘头
道骨仙风，码头两侧的新栽
的桃花娇艳妖娆
像不像须眉老道挽着妙龄女郎？

夜晚的月亮露个脸也要躲藏

南来北往的小鸟经不住

梨花的诱惑

在树梢打情骂俏，共筑爱巢

被绿树环抱的农家院落里

欢声笑语中，透着暧昧的味道

在什川的大街小巷

随时都能遇到

桃花一样的姑娘

她明朗的眼睛，让你忘掉忧伤

一川烟雨，会让你漂泊的灵魂不再流浪

红墙碧瓦

铁杏子年年在锣鼓声中开花

白胡须的什川老人都会哼哼呀呀

鼓子戏就这样传遍千家

这是兰州独此一家

什川的天把式更是民间奇葩

相信见了他们你不得不夸

我说了半天，你是否已经后悔

你有个闺女似乎不该外嫁？

我们领养一棵梨树

不必回头，你一定记得那里
草长莺飞，花海荡漾
儿时的梦也如小鸟一般
在蓝天飞翔

不必回头，你一定听到
梨树轰然倒地的呼喊和呻吟
还会看到沟渠里
流淌的花魂
由此，你不可能感受不到他们
匍匐在地的疼痛

这个季节，人们都忙着奔向
城市的大街小巷和写字楼
一路上把春天弄丢了
只剩下四月的风和沙
缠绵到天涯

我们领养一棵树吧
挂个牌子，写上某个人的名字
尽管战战兢兢
但至少它能多活一个春天

如此也好，它本是我们丢失的孩子

幸福

谁愿意陪我去乡下
我只想看看
杂草丛生的院落里
童年的幸福
躲在哪颗肥硕的草籽后面?

第六辑　兰州情诗

炉火旺，诗满仓

陪你丢了我的江山有何妨？

披着霓裳的前朝，你本就是我的君王

兰州，你是我前世的君王（一）

一

梦已入水，渡一川灯火

揽三分红霞，撑皮筏子回家

两岸青山，已披上金色的袈裟

露水打湿了头发

你在南关歇马

黄昏扶起一地桑麻

欠身探问，迟暮的爱能否接纳？

二

云绕白塔尖

河边柳树楼外烟

一窗水墨，一弯河水锁兰山

安宁夜灯静

五泉月深情，抱紧钟声

寒鸦点点，雪落风疾霜满天

河西史诗，唐宋韵

魏晋风度汉家魂

才子佳人，喜相逢

今夜，你曾惹谁醉了几千年？

三

红尘深，情两欠
谁陪我走过水云间？
旧时光阴写满了辛酸，爱已搁浅

梦断铁桥走西关
走近你的半世清欢
蹉跎岁月，唯留诗半笺
你看，夕阳已染红了远山
你的风景里可否收留我的暮年？

四

金城关灯盏
点亮黄河两岸的繁华
滨河路水车
翻卷浪花里的边塞诗帕
音乐广场的风情
演绎着丝路明珠的芳华
黄河百里风情线
牵走尘世的似水年华
我与你走过喧嚣，卸下铠甲
端起汉唐留下的那一杯清茶

五

走过千山万水，何惧风霜？
穿越丝路花雨，一路芬芳
你是否准备了花轿，让我登场？

随你入洞房，卸下红装
炉火旺，诗满仓
陪你丢了我的江山有何妨？
披着霓裳的前朝，你本就是我的君王

兰州，爱你一万年（二）

一

群山如佛，云似帘
大河如歌，柳拂面
雪落银潭，铁桥卧河畔
高原之风弹拨着日月之弦

花草枯坐，听禅
兰山藏着晶莹的泉
金城关高举夜行的灯盏
南北滨河路通往四通八达的西站

高楼是船，白云作帆
乘风破浪，我望穿楼外烟
爬上白塔山
对着黄河喊：兰州，爱你一万年
海枯石烂心不变

二

清晨的百合公园
长袖剑舞，幸福沐浴着晨光
傍晚的黄河边

夕照晚霞，情侣成双
听不够音乐广场水乐断响
看不够街心花园满面春光

佛慈大街繁忙
金城剧院宽敞
衣袂飘然的五里铺连着国芳
五星红旗飘扬在东方红广场

水车踩着浪花
与黄河一起合唱
音乐厅的玻璃映着波光
读者大道使路人的心胸更宽广

我愿意倚在你的身旁
在百里风情线尽情徜徉

三

北风掀开安宁的书页
丹青妙笔闯出了金城

智慧伴着时代的涛声启蒙
思想点亮了未来的灯

两岸边生长着楼群
茶酒坊传承着文明

秦时明月，汉时关
魏晋风度，唐宋韵

汉家宫阙孕育的
丝路明珠，永远牵着我的魂

我一次次回眸
披着霓裳的前朝，你是否是我的君王？

四

甘州的红酒与辣椒
凉州的瓜果与粮草
陇南的山水，甘南的寺
张掖路的步行街最充实

肉，热血穿肠
面，柔指绕梁
大街小巷槐花俏
茶浓、酒香、厨艺高
何时，我已醉倒在你的怀抱？

五

古时有座城池，曰金城
冬飘雪、夏有雨、四季，风欢畅

城西有座山，仁寿山
菊花不诉秋之殇

城中一座庙，城隍庙
古玩字画溢墨香

穿城一条河，母亲河
柳暗花明桃李芳

城南有条小巷，一只船
诗人乘舟赴远方

六月有个赛事，兰州马拉松
全民老少齐上场

人生一本书，心中有《读者》
抑恶从善美名扬

茶摊旁站着西北汉子
憨直，朴实，古道热肠

河西走廊有一场约会
茶马古道长
我带上琵琶，穿越丝路花雨
和你一起去敦煌

后记　花开荼蘼

　　深夜读一篇文章，突然被一句话击中，"一段刻骨铭心的经历，一场细腻荼蘼的情事，懂了，疼了，也就放下了"，不禁悲从心来，潸然泪下。

　　走过半生坎坷，阅历人间万象，荣辱淡定，苦乐随心，面对"荼蘼"二字时，却再也无法克制内心汹涌而至的悲伤。寂寂五十载，如今重拾年轻时的文学梦，我面对各种不解的目光，许多人认为山穷水尽，想出风头。我也困惑：迟暮之年，意欲何为呢？

　　"荼蘼不争春，寂寞开最晚"。荼蘼的花语：末日之美。荼蘼花开，形容女子的青春已逝。爱到荼蘼，意味着生命中最伤筋动骨或最痛彻心扉的爱情即将消失。欧阳修有词云："更值牡丹开欲遍，酴醾压架清香散。花底一尊谁解劝。增眷恋，东风回晚无情伴。"如此销魂之花，中的之语，怎不令人伤感？

　　我不识荼蘼，只知它是一种暮春开放的蔷薇科植物。人们也常常把它混同于蔷薇。荼蘼是以白色为主的单瓣或重瓣花。"点火樱桃，照一架，荼蘼如雪。"（辛弃疾词）。而蔷薇可以有粉红、鹅黄、深红、紫黑、纯白等颜色。据说，悬钩子蔷薇是古人所称的荼蘼，属落叶或半常绿蔓生灌木，枝可高达 6 米左右；产于秦岭南坡以及湖北、西南等地区。常生于山坡灌木丛中、与野花为邻——

　　"不识酴醾恨杀人，野花香里度芳辰"。

　　佛说："万法缘生，皆系缘分"，世间男女的爱情就是一种缘分，它来时，猝不及防，恰如花开，刹那间的奇妙。一些灵魂的遇见也根本不需要理由，只要一朵花开的瞬间，便洇湿彼此的雨季。天道柔情，让我遇见该遇见的；寂寞有意，让它成全该成全的。相遇的未必生情，有情的未必有缘。相逢不语，一朵荼蘼度此生。花开，甚好。桃面、丹唇、柔声、柳姿，终究抵不过生活的流沙浊水。

"花开荼蘼"往往是伤心散场，所以，内心深处，不希望你我是荼蘼，桃褪梨尽时了结前世所欠的尘缘。

"怎知那浮生一片草，岁月催人老，风月花鸟，一笑尘缘了"，闲暇时，总爱听刘珂矣的这首歌，一次次地闭眼吟唱："倘若我心中的山水，你眼中都看到，我便一步一莲花祈祷。"暗夜里常常痴想：是否会有一个人，依然守候在初见的地方，深情地望着我来的方向，徘徊；只要我一念起，就会放下俗念，抛弃琐碎，马不停蹄地赶过来，拥我入怀，一眼，彼此的心意已明。若有？多好。

痴念一梦走天涯。在很多佛教著作中，有学者认为荼蘼就是彼岸花。相传，彼岸花开，花开不见叶，叶茂不见花，花叶两不见，生生错过。好比朝露与晚霜，永远相隔着光阴的一道门扉。生命只有一程，你我只能修得善念与佛缘。

遇见，就是今生最美的结果。花开荼蘼，三春芳菲尽。所以，这是绝情辞春、是离别之殇，早已没有了当初的洒脱与当断立断。即便自命忘情，也不免伤痕在心，生发伤春、惜春的悲悯。祈祷借着你的土壤，让它发芽，慢慢绽放，直至枯萎。

花开荼蘼，展现的是暮春之美。愿你忽略枝上的刺，记住它的清香；愿你抹去岁月的浮尘，爱惜神赐的露珠。读书、写作、养花、持家，工作之余，也拖着日渐笨拙的身躯行走于青山绿水。在别人看来，我把生活搞得风生水起，对于自己，只想让光阴流逝得有些厚重感。与其说在追求一种心灵的慰藉，不如说在岁月的尽头荼蘼花开，向世人展示一寸芬芳，一缕情殇。骨子里对于生命的脆弱与虚无，深感惶恐与悲观。发觉自己越来越多地注意那些生老病死的讯息，怀念那些已然逝去的亲人和朋友。

"一点芳心无处托，荼蘼　架上月迟迟，惆怅有谁知？"。